U0931439

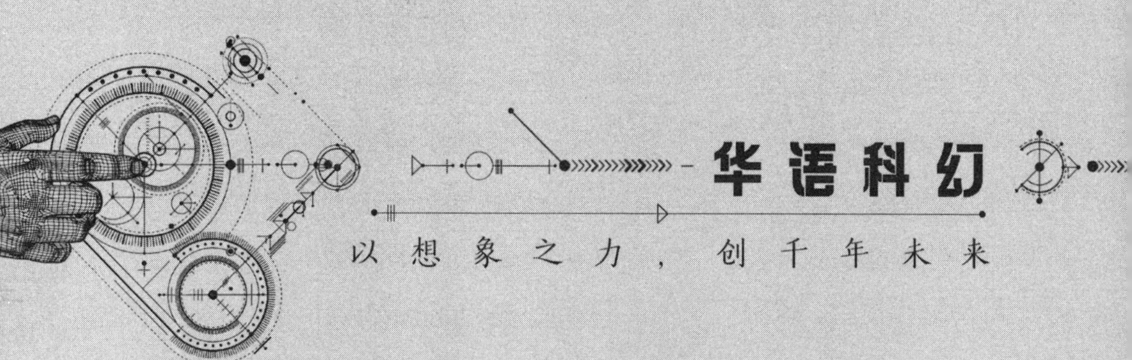
华语科幻
以想象之力，创千年未来

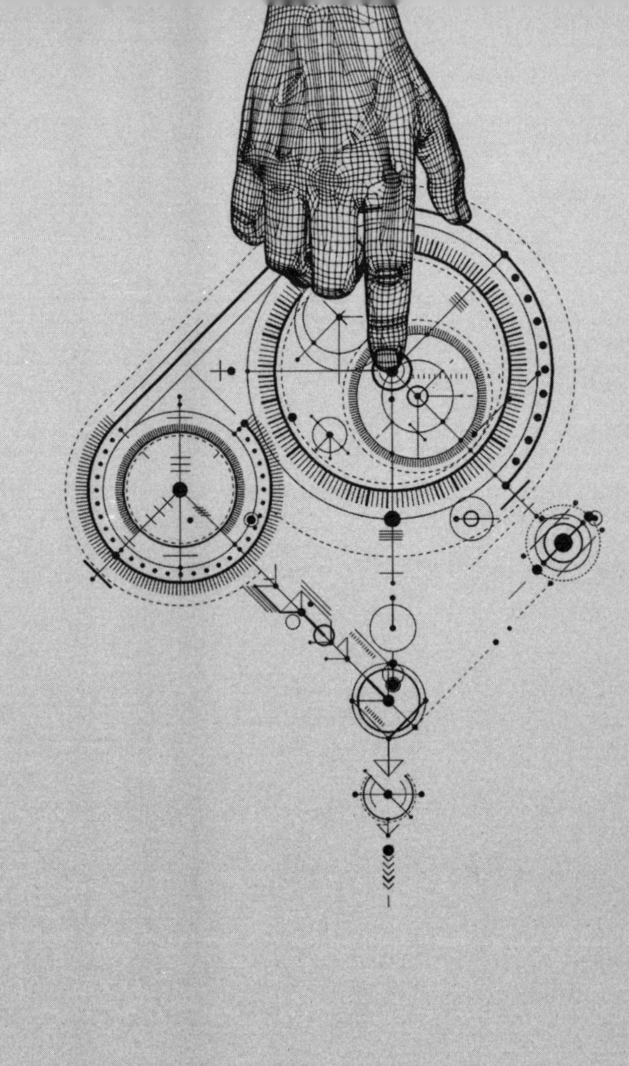

宝树科幻精品系列

末日之旅

宝树　著

科学普及出版社
·北　京·

图书在版编目（CIP）数据

宝树科幻精品系列 . 末日之旅 / 宝树著 . -- 北京 : 科学普及出版社 , 2025. 1. -- ISBN 978-7-110-10828-4

Ⅰ . I247.7

中国国家版本馆 CIP 数据核字第 2024R0C416 号

策划编辑 王卫英
责任编辑 王卫英
封面设计 书香文雅
正文设计 书香文雅
责任校对 邓雪梅 张晓莉
责任印制 徐 飞

出　　版 科学普及出版社
发　　行 中国科学技术出版社有限公司
地　　址 北京市海淀区中关村南大街 16 号
邮　　编 100081
发行电话 010-62173865
传　　真 010-62173081
网　　址 http://www.cspbooks.com.cn

开　　本 720mm × 1000mm 1/16
字　　数 690千字
印　　张 58
版　　次 2025 年 1 月第 1 版
印　　次 2025 年 1 月第 1 次印刷
印　　刷 天津泰宇印务有限公司
书　　号 ISBN 978-7-110-10828-4 / I · 746
定　　价 180.00 元（全 6 册）

目
录
Catalogue

末日之旅

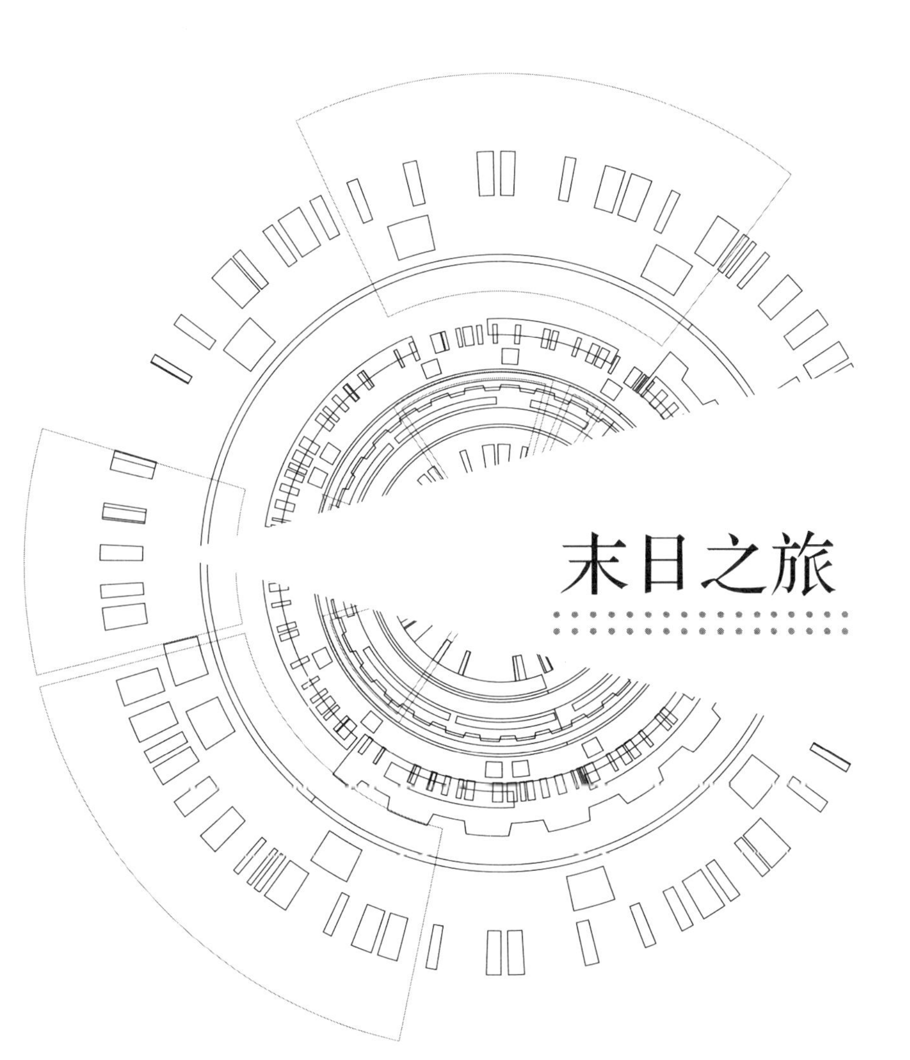

一

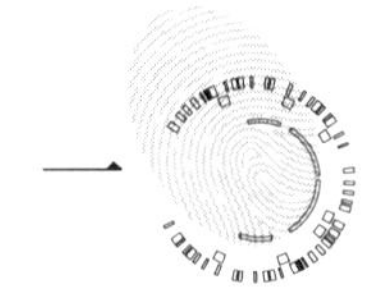

2012 年 12 月 21 日。

晚上九点，上海已成了一片灯的海洋。黄浦江两岸的缤纷霓虹流到江心，变成了发光的鱼群，在潋滟江波里跳来跳去。浦西的连绵洋楼沉浸在柔曼轻靡的彩光中，仿佛在回忆往昔的沧桑历史。而在对面，新时代的东方明珠塔、金茂大厦和环球金融中心等摩天大楼带着炫目的奇光异彩直指夜空，气势磅礴，如同要点亮黑暗的宇宙。

今天是冬至，虽然天气寒冷，但外滩上的游人格外地多。江滨的步行道上大都是欢声笑语的青年情侣。当然，今天是周五，明天将迎来惬意的双休日，下周又是圣诞节。但是游人如织的主要原因却并不在此。

林琳倚在江边的栏杆上，男友方岳从后面环抱着她，轻吻着她的脖颈。林琳咯咯娇笑着说："别闹！哎，你说，如果今天真的是传说中的世界末日，那会怎么样呢？"

"那我们更应该好好珍惜当下喽。"方岳在她耳边说。

"讨厌，人家问你正经的呢！"

方岳歪头认真想了想："是真的也不怕，古往今来那么多人，人人都会死，有几个见过世界末日的？我们能看到也不枉了。再说，咱俩到死还是在一起的，这就足够了。"

"哼，你什么时候学会这么甜言蜜语的？"林琳的心里一下子甜甜的。

“你们知道世界末日究竟是什么样的吗？”方岳还没有说话，一个稚气的声音在他们身边响起。

林琳诧异地转头看去，问话的是一个陌生的男孩，大概只有七八岁，穿着米老鼠图样的卡通童装，一只手正拽着林琳的裙角。和男友的情话被打断，林琳有些不悦，但看到男孩小天使般的面容，却又情不自禁地感到喜欢：“哎，方岳你看，这孩子真可爱！”

方岳却做了个鬼脸，吓唬男孩说：“世界末日？可吓人了，上海那么大的小行星撞到地球上，掀起几百米高的巨浪，‘哗’一下子就把上海淹没了。”

“几百米高的巨浪啊，”男孩眼中放光，“那一定很壮观！可是天上没有小行星啊。”说着抬头张望了一下。

“小傻瓜，在外太空。远着呢，你看不到的。”方岳继续逗他。

“不对，”男孩认真地说，“如果它会在今天撞击地球的话，现在最多离地球几万公里，肯定是清晰可见的。即使是在地球的另一边，电视上也该有报道啊。”

“这……我哪知道。”方岳有些尴尬，对林琳说，“现在的孩子，真是越来越刁钻了。”

“你怎么了，被小孩绕进去了，”林琳嘲笑他，“还以为真有世界末日啊，别忘了，明天你还得上我们家见我爸妈呢。”

“完了，这才是世界末日啊……”方岳哀号一声。

男孩的眼珠转了几圈，盯着林琳问：“你是说没有世界末日吗？可是他刚才不是说小行星会撞地球吗？”

“老天……”林琳扶额。

“乖，这种事问你们家大人去吧。”方岳拍了拍男孩的头，“叔叔和阿姨还有事呢。”

“可他们不在这里，”男孩说，还是不肯放过他们，“到底世界末日是什么样的呢？快说快说！”

“嘿，你这熊孩子真是不知——”方岳刚要发飙，被林琳拉住了：“算了，你跟孩子嚷嚷什么，走吧，我们去那边买哈根达斯吃。小朋友，你去问别人吧！”

她把方岳拉开，两人穿过人群走了，他们的位置迅速被另一对情侣占据。男孩还站在原地发怔。一个和他年岁相仿的女孩子从人堆中挤出来，拍了拍他肩膀：“怎么样？问到没有？”

“真奇怪，”男孩说，“我问了好几个人，没人说得清楚是怎么回事。你那边呢？”

“差不多，有人说是超新星爆发，有人说是地震火山，还有个家伙说是僵尸来袭，每个人的说法都不一样。”

“为什么他们知道哪一天是世界末日，却不知道究竟是怎么回事？而且……”男孩指了一下四周的人群，“你不觉得他们都太开心了吗？一点儿都没有担心的样子。”

“末日综合征，很常见的。”女孩老成地说，“明知灾难不可避免，人们无法排遣内心的恐慌和痛苦，因为超过了心理承受的底线，就转化成了表面上的狂欢。”

“不，我觉得有些地方不对劲，很不对劲。”男孩皱起眉头，苦苦思索着，“一定有什么地方出了问题。”

二

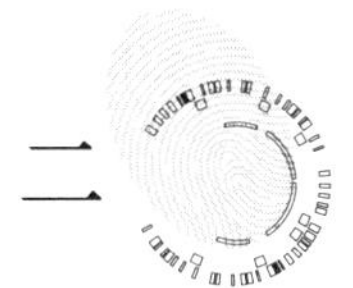

两个孩子聊天的同时，在西半球，12 月 21 日的晨曦刚刚照亮尤卡坦半岛的热带雨林。在葱郁丛林间的玛雅城邦遗址，曙光透过朝霞，勾勒出高大的阶梯金字塔和古神庙废墟的轮廓。

往日在这个时段，绝大部分游客们还在酒店里睡觉，但在今天，玛雅遗址里已经挤满了人，仿佛死去千年的古城邦复活了。但和往日不同的是，此时几乎没有欢声笑语，相反，来到这里的人们大多肃穆地立在遗址内，似乎等待着什么事情的发生。

东方的云层越来越明亮，如在熊熊燃烧的天火。终于，火红的太阳喷薄而出，将无尽光辉洒向大地，丛林由远而近被依次照亮。许多人跪下祈祷，有的人甚至开始哀哭。

“真是太美了。”观光台上，一个背着背包的金发姑娘赞叹着，对旁边的一个短发青年说，“Hi，你能帮我拍张照片吗？”说着递上了数码相机，摆了个可爱的姿势。

青年接过相机，困惑地端详了几秒钟，似乎不知道怎么操作，姑娘从旁指点了几句，他才明白，帮她拍了张照片，然后把相机还给了她，微笑着说了一句：“我想这是这个世界最后一次日出了吧？”

“可不是吗？”姑娘笑着回应，做了一个鬼脸，“很快地球就会炸成两半的，嘭！”

“那这有什么意义呢？”青年忽然没头没脑地问了一句。

“什么……有什么意义？”

“拍照。如果你知道过几个小时世界就会毁灭，一切都留不下来，为什么还要拍照片呢？”

姑娘有些奇怪地看了他一眼：“你真的相信地球会毁灭？这么说，你是和那些人一起的？”她指了指边上跪下祈祷的人们。

“他们是谁？我不认识。”

“他们是末日真理教、地球救赎教、全能神教……还有很多乱七八糟小宗教的信徒，这些人相信地球会在今天毁灭。”

“难道不是吗？到处都是这么说的啊！”青年看上去相当惊诧。

“当然不是！”姑娘斩钉截铁地说，不过又缓和了口吻，“我是说，虽然很多人相信，但你如果问我的话，我会告诉你不是这样的，什么事也不会发生。”

“但是我听到的情况是这样，”青年指着不远处黑黝黝的金字塔，“据说古代玛雅人通过天文观测，计算出了太阳系边缘有一颗行星——好像叫尼比鲁吧——会在几百年后接近地球，并在今天发生对撞。人类的技术无法推开它，所以只有毁灭。”

“这是那些三流小报的胡编乱造，”姑娘嗤之以鼻，“玛雅人哪有这个本事。再说，如果真有那么一颗行星存在，并且将会在几小时内和地球对撞，那么现在得比满月还大了。可是你看，什么也没有，地球的任何一个角落都观察不到有这么一颗行星的存在，除非它现在以光速飞奔过来，这是不可能的。”

“光速的行星？也并非不可能……”青年倚靠在栏杆上，若有所思地望着姑娘，“当然确实可能性很小。抱歉，我只是刚刚到这里，很多事情都不清楚。不过，如果你认为不会有末日的话，为什么会到这里来？我以为来这里的人都是为了纪念千年之前玛雅人的发现。”

“那些祈祷的人来到这里是为了寻找所谓的救赎和新生，都是鬼话。其他人只是来找乐子的，至于我，我叫艾米莉，美国人，在芝加哥大学社会学系读硕士，论文题目是《世界末日谣言的社会学效应》，这里可有宝贵的第一手资料啊。”

“原来如此。但是我还是不明白，如果根本没有尼比鲁这回事，为什么会有世界末日的说法？”

“这是天大的误会，”艾米莉苦笑，“今年我不知道跟人解释过多少遍了。玛雅人以冬至作为一年的开始，2012 年在玛雅人的历法中是一个重要的年份，相当于两个纪元的转换。2012 年 12 月 21 日就是旧纪元的结束和新纪元的开始，不过说到底只是人为历法的设定，和地球本身的变化毫无关系。”

“你确定？”青年目光炯炯地追问，“这是公认的说法吗？”

“当然！”姑娘有些不悦，“如果你不信的话，大可以在这里等着，看看今天会发生什么事情！”

青年望向升起的朝阳，苦笑着说：“也许你是对的，不过……恐怕确实会发生一些事情，一些你想不到的事。”

三

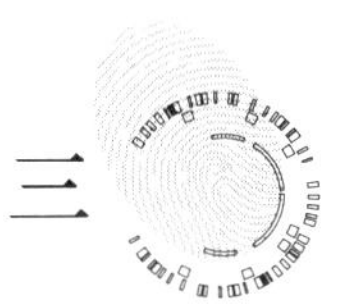

非洲，刚果盆地。一条清澈的小溪在山谷中蜿蜒着，百转千回，汇入密林间的湖泊。湖面波平如镜，一群河马惬意地泡在湖边的芦苇

从里，仅露出口鼻呼吸。湖的另一边，几只森林象从林中走出来，到水边用长鼻往嘴里舀水。一群大猩猩也在湖边栖息，年长的悠闲地嚼着草叶，年幼的在树下打闹嬉戏。

一个慵懒舒适的午后。

身材高大的白发老人站在湖边，静静地凝视着这一切。

这是这个世界的最后一个下午。如今的每一秒都弥足珍贵，这些无知而可怜的造物，在它们漫长的进化史上经历了不知多少万亿个这样平静的时辰，它们以为这一切理所当然会永远持续下去，以为今天是和往日一样的普通一天，会随着夜幕降临而逝去，随后迎来下一个黎明。但它们错了，它们的生命将和这个星球的历史一起在今天终结。正是那即将到来的毁灭给了这平庸无奇的一幕以悲剧的美感。

诞生与毁灭，宇宙的两极。宇宙大爆炸，恒星的点燃，行星的形成，生命的出现……在这些激动人心的伟大事件之后，就是无尽岁月的平淡无奇，直到濒临毁灭的一刻，才再度绽放出惊人的壮丽之美——

蓦然，水面分开，一只巨大的鳄鱼张开布满利齿的长吻，从湖里扑上来，咬向老人的脚踝。它已经观察了这个猎物很久，确定可以一击得中。果然，老人来不及躲避，被它咬中了。

但是鳄鱼并没有尝到人肉的鲜美，却如咬到石头上一样坚硬，完全无法下嘴。这是从未发生过的情况。它容量有限的大脑无法产生惊奇感，但是已经觉察到莫大的危险，转身想向湖中窜去。但鳄鱼发现自己无法指挥四肢，它像是被某种无形的东西托着，慢慢升起，悬浮在了空中，在老人面前盘旋着，它徒劳地摆动着身体，却无法挣脱看不见的束缚，被迫接受老人的注视。

鳄鱼发出了“咕噜咕噜”的哀鸣声，老人看着它惊恐万分的样子，微微一笑，挥了挥手。鳄鱼便如同风中的羽毛一样飘荡着，缓缓落下，重新飘回到湖中。终于，鳄鱼感到下腹接触到了水面，同时那股力消失了。它本能地蹿下去，翻起一朵浪花后就不见了。几秒钟后，刚才不可思议的经历已经从它原始的大脑中被清除，鳄鱼又在湖水深处悠游自在，寻觅新的猎物。

可怜的家伙，好好享受你剩下几个小时的生命吧，老人悲悯地想。

老人离开湖泊，沿着小溪，往上游的密林走去。这里罕有人至，荆棘丛生，树根盘结，很难行走。但老人走过的地方，无论是树根还是石块都会在无形力场之下被推开或击碎。没有任何东西能够阻拦他前进的步伐。他在山谷间悠闲地散步，不时用智能力场抓取几只小动物来端详一番，又放它们离去。

老人很喜欢这次末日之旅，这对他来说是旧地重游。当然，在他近乎无限的生命中，已经进行过几千几万次这样的旅行。但这样的机会还是不常有的，至少最近一千年都没有过。虽然有生命的世界在银河系中俯拾即是，进化出智慧生命的也不少见，但是毁灭级的灾难还是不常见的，正如超新星爆发一样，千百年来才有一次。拿这颗行星来说，上一次发生灭绝性的大灾难已经是近七千万年前的事了。

老人还记得上次来到这颗星球时的情景，那些千奇百怪的巨龙们仍在大地上和海洋中悠游，统治着整个行星的生物圈。老人见证了它们的最后时刻。天火降临之日，繁盛归于乌有。巨龙灭绝殆尽，其生态位大多被某种小型胎生动物的后裔所取代，从它们中甚至产生出了初级智慧。

而如今，又一个末日到来了，不知道这颗星球的生态系统是否还能幸存。

这次的末日之旅如同往常，他不喜欢去那些充满本地居民的大都市，看那些人绝望地哭号，或者加入那些歇斯底里的疯狂派对。在他看来那是毫无意义的恶趣味。他只喜欢一个人去没有改造过的乡野中，细细体味每个世界即将灰飞烟灭之际的自然风光。比起那些肤浅可笑的人造物，经历亿万年进化而来的自然才更值得观赏。打开星际之门的价值不菲，当然要花到最值得的地方。

“注意，出错了！”

一个紧急讯号出现在老人的意识场中，是领队抄送给所有星际游客的，被标记为最紧急级别。

“什么？”

老人随即发送了一个询问，同时也看到，在意识遥感网络中，上千个类似的询问出现了。

对方解释：“寰宇智能监测系统出了差错，给了我们错误的信息。我们刚刚进行了复核，确认这颗行星今天不会发生灭世级别事件，不但今天不会，至少未来一万年内都不会。”

“那么末日之旅不是……”

“很抱歉，末日不会发生，我们暂时还不知道错误是怎么产生的，但星渊集团会对此负责。现在请大家根据《宇宙文明管理法案》第一百五十八条第七款的规定，立刻集中撤离这颗行星，否则——”

信号传输忽然中止了，负责人显然被某种更紧急的事态占据了意识场，老人用信息触角在遥感网络中探寻着，很快发现了问题所在：

有游客开始动手了！

四

“星之丸”游弋在灯火璀璨的东京湾，两边是灯火辉煌的都市夜景，倒映在粼粼波光中。彩虹大桥如一条玉带连接两岸，港湾上的各色船只星星点点，如同一只只漂亮的萤火虫。天上，一钩弯月将柔和的月光投向大海。

栗原达也和栗原由希站在船头，吹着海风，指点着岸上的高楼广厦，辨认着东京塔的方向，一时都沉醉在迷人的夜景里。

“怎么样，这次的末日之旅可遂了你的意了吧？”由希笑着对丈夫说。

“美极了！想到这美丽的一切，日本，不，人类的一切成就，即将被宇宙的暗夜所吞没，实在是令人难过。”达也叹息着。

“真的吗？”由希戳穿他说，“你真的难过吗？我看你巴不得真的是世界末日呢。这一年来你跟那些狐朋狗友大侃什么灾难啊、灭绝啊，劲头可不小呢。你们这些科幻迷就盼着看一回世界毁灭的奇观吧？本来根本没有的事，都说得活灵活现的呀。”

“不只是科幻迷，”达也说，“历史上第一次，全人类都沉迷在这种‘濒临毁灭’的意境中，这个世界末日的概念创造了多少商机啊！你都从中大赚了一笔。”

由希不由点头赞同，她是开网店的，最近半年在丈夫的建议下，她开始售卖所谓“末日逃生套装”，就是在一个包里放上手电筒、指南针、压缩饼干和救生绷带之类平时没用的小玩意儿，然后再以几千日元的高价卖出。生意居然异常红火，有时候一天可以接到上千份订单。大概在大海啸和核泄漏之后的日本，人们对世界末日的概念比起其他国家更多了一份现实压迫感。

达也意犹未尽，接着抒发胸臆："末日是一种融合了惊叹和悲伤、恐惧和希望、疯狂和寂静的情结。它太壮丽，壮丽得让你忘记了残酷；它太宏大，宏大得让你起不了个人的忧虑；它发生的一切，存在感无比强烈，然而很快又将归于虚无，仿佛一切都能在'空'的怀抱中得到救赎。在古代诞生了《启示录》这样伟大的作品，今天，人们更是在各种虚构文学和影视作品中展开想象，2012的预言就是这个古老传统的巅峰，这是第一次全人类都自觉参与的末日想象……"

"还说呢，"由希撇撇嘴，"今天马上就过去了，等明天一切恢复平常，我怕你会得末日后忧郁症。"

这话好像说中了他的心思，达也叹了口气，不说话了。

"先生，我觉得你说得不错。"一个陌生人的声音响起。达也转头，发现一个黑衣服的中年人不知什么时候已经站在了自己身边。他有些疑惑，但礼貌地微微躬身。

"末日是一个文明所能产生的最高级想象，"黑衣人说，但没有看他，而是看着远处光辉灿烂的城市楼群，"是文明的力量最终被不可知的神秘力量压倒的悲剧。你知道末日最迷人的地方在哪里吗？一切都屈从于至高的力，一切的美、一切的思想、一切的文明和雕饰，都会在与力的博弈中消失。这是我们这个宇宙最终的宿命。最终，一切都会被空间的加速膨胀撕裂，那是最终的末日，当空间膨胀到达临界点，在整个宇宙中，连原子都不会剩下，一切都会被空间本身的力彻底粉碎！”

他的容貌只是一个普通的日本人，毫无特点，日语很流利，但语感却硬邦邦的如同外国人。由希全然不知对方在说什么，不过类似的对话她听得多了，都是丈夫的那些科幻迷朋友平时胡吹乱侃的。她看到达也听得相当专注，心里嘀咕：这回丈夫又找到一个知音了。

“大撕裂理论！”果然达也眉飞色舞地赞同，“原来一切末日都是最终末日的预演……这么说来，宇宙中所有文明都会遇到末日吗？”

“这倒不是，”黑衣人说，“宇宙被广袤空间隔开，除了最终的大撕裂外，其他的自然灾变都是有限度的，如果一个文明扩展到了宇宙深处的其他星系，那么无论是小行星撞击还是恒星爆发都不可能带来根本毁灭，更不用说其他较小的灾变了。所以只要文明发展到一定程度就可以和末日的危险说再见了，毕竟宇宙的最终毁灭还是在遥远得不可思议的未来。”

“没有末日，那不是很无聊？”达也笑着打趣。

“是啊，凡是发展到这个阶段的文明，当然不会碰到什么末日，否则早就毁灭了。这种末日情结，在其文明发展中从来没有满足过。所以在其扩展到全宇宙之后，会不惜越过整个宇宙，去那些遥远的星球观赏各种原始世界的末日，寻找一点儿感觉。”

“好主意！但他们怎么知道哪个世界濒临毁灭？而且越过银河系，就算以光速行驶也要几万年才能到达要毁灭的星系吧？”

“整个宇宙的物质基层，是暗物质形态构成的超感纠缠网络，早在宇宙的上古阶段，最古老的文明就在其基础上建立了寰宇网，对每一个有生命的星球进行自动监测，这些世界当然平平无奇，一般感兴趣的人不多，但当末日降临前夕，相关信息会被送到宇宙各个角落的信息订购者中，然后由商业机构主持，将感兴趣的人们组成旅游团体，通过星际之门，在刹那间穿越宇宙，来到末日降临的星球上。”

达也愈发好奇地看着他：“您说得好像真的一样。”

“是不是真的，很快你就会知道了。”黑衣人带着神秘莫测的笑容说。

达也正在思考他话里的意思，忽然脚下颠簸，港湾上无端出现了一个大浪，将游轮推向一边。许多人猝不及防，摔倒在甲板上。达也急忙抓住栏杆，才站稳了。

“由希，你没事吧？”达也望向妻子，他看到由希的脸色惨白，瞪大眼睛不敢相信地望向前方，不由顺着她的目光看去，很快发现了异状。

水下有某种发光的东西正在向彩虹大桥的方向游去。那东西至少和鲸鱼一样大，不，比一般的鲸鱼还要大得多。难道是敌国的潜艇？

达也还来不及多想，就看到那东西冒出了水面，立了起来，非常非常高，至少有四五十层楼那么高，它掀起的大浪让远处的“星之丸”也剧烈地颠簸起来。

那是一个巨大的发光椭球体，被两根长腿托起，中间有一个不断转动的圆环，好像一只妖异的巨眼。很快，巨怪从上面又伸出了无数触手状的复杂链条，每一条都比列车还长，却灵活得可怕。怪物用那些触手缠住彩虹大桥，几秒钟后，那座刚才还固若金汤的长桥像脆弱的积木一样断成数段，带着上面的无数车辆轰然坠入海水。

机械章鱼般的怪物行走起来，看上去很笨拙，但以惊人的速度向西岸市区的方向移动，八岐大蛇般的触手开始四处绞缠，海滨的几栋大厦开始在它的撼动下倒塌，倒塌的声音如同天边的雷霆一般。

达也完全无法思考，只是呆呆地看着，仿佛在看一出宽银幕的灾难片。巨怪进入市区，触手疯狂地摧毁着一切，如同一个调皮的孩子践踏着美丽的花园。达也忽然想起自己以前看过的那些毁灭东京的怪兽片，那些荒诞不经的场景，如今竟在自己眼皮底下真真切切地发生着。

“这才是真正的末日狂欢。”黑衣人说，嘴角露出一丝微笑，“这个宇宙中最有趣的游戏。”

达也如梦初醒：“你、你和那个怪物……难道……”

“他是我的同伴，”黑衣人坦诚道，“对一个即将毁灭的世界，文明保护法则不再适用。我们跨越星河来到这里，可不只是当看客。狂欢的时刻到了！我们有很多人，正在比赛谁能先毁灭这座城市，看来我也要抓紧了……你们两位，愿不愿意做我的客人，来观赏这精彩的一幕呢？”

达也看到，远处的怪物已经把东京塔高高拔起，掰成两段，高高抛向夜空。他跟着望向天空，发现月光之下，不知何时已经出现了各种匪夷所思的怪物，妖异的云彩从四面八方围拢过来，遮住了一轮明月。

五

三千相宣夜立在静海上，用广维眼看着在群星中悬浮的蔚蓝色球体，将上面的一切尽收眼底。

通过遥感网络，他已经敏锐地察觉到那个球体上的诸多惊人变化，就在刚才的几分钟里，一座座城市被毁灭了，毁灭的方式各有不同。

有的是在反物质爆炸的烈焰中被焚毁，有的是在绝对零度中被冻结，有的是被那些粗鲁的游客亲自碾成粉末，有的是被猛然掀起的百米巨浪夷为平地……

至少是五级干涉，糟透了。三千相宣夜烦躁地发出一道空间激波，将面前立着的一面星条旗炸得粉碎。

宇宙文明联合体公认的寰宇价值：“不得以任何方式干涉低级文明的发展。”在一个文明能够加入联合体之前，只能进行外部观察，而不能加以干预，无论是善意地想帮助对方提升文明还是恶意地要消灭对方，都是被文明法则所严禁的。即使在毁灭到来之际，也不能帮助对方逃脱灭绝的危险，否则就是破坏了神圣的宇宙法则。

但末日之旅是一个例外，当确定某个世界即将迎来末日，可以在末日前最后的某个时间窗口去拜访这个世界，当然理论上仍然要以该世界智能生命的形体，并使用内置的语言转换装置，以免引起本地居民的骚动。不过在最后的时刻，虽然法律上仍然有障碍，但是即使放开手脚，大肆破坏也不会有什么严重后果，既然这个世界就要毁灭了，那么给远道而来的宇宙游客们先玩一玩又有什么要紧呢？

问题是，这个世界根本不会毁灭，这个世界末日的说法根本是一个低级谣言。

三千相宣夜已经仔细检查了感应网络上传的数据，毫无疑问这是一次低级的误判。程序毕竟是程序，对于完全不同的生物基础和文化途径的异星文明没有办法真正理解。当它发现这个星球上以史无前例的强度和频率传诵着某个“世界末日”的说法时，就收集了大量资料进行判别。程序认为，该星球的文明程度已经能够以一定的精确性预言可能的灭绝性灾变，而被大部分人赞同的说法可信度更高。既然末日的说法能够在本地网络上获得几百万的转发，而驳斥它的说法只有寥寥几万，因此高度采信了末日即将发生的信息，并将各种支离破碎、相互矛盾的解释进行合理化演算，编织成一个逻辑自洽的故事上传到寰宇网络，随后由星渊集团主持了这次该死的末日之旅。然后，他们在拟定的末日时刻前几个小时，将上万来自宇宙各个角落的游客传送到这个偏远的星系中。

结果，出了这么大的纰漏。在他发出纠正信息之前，大破坏已经开始了。现在死去的本地居民至少已经有十亿，也许是二十亿，已经构成了最严重的干涉级别。三千相宣夜已经发送了紧急通知，让所有人立刻停止破坏，但是为时已晚。还有好些不知是什么种族的家伙，迄今仍然置若罔闻，有个疯子正在把太平洋的水都弄到近地轨道上去，要制造一个星环。

"大眼睛！"三千相宣夜叫了一声。寰宇网络打开了，为他接通了三万光年外的第十九天河，上司的三维影像在月海的尘土上波动着。

"出大麻烦了，"三千相宣夜苦恼地开始信息传输，把事情大致告诉了第十九天河。对方只是微微一笑："你能解决的。"

三千相宣夜一时无语："都这样了……怎么解决？"

第十九天河做了个表示不耐烦的意识势："用你的逻辑。如果这颗星球继续存在下去，遥感网络会发现我们的游客进行了破坏，而大灾变没有发生，会很快发出警报讯号给中央理事会，作为我们违背了基本文明守则的证据，这样的话，我们都会惹上大麻烦的。但是如果这个行星的末日如常发生，那么这一切都不算出格，最后谁也不会知道。"

"可怎么……你难道是说——"三千相宣夜被惊呆了，"我们亲自制造一个——"

"你还有什么更好的办法？"

"可是那些游客，他们也都知道了啊。"

"放心，大伙儿到这个星球上无非是想发泄生活压力，没有人想给自己惹麻烦。何况你以为这件事是宇宙中有史以来第一桩吗？"

"什么？！"

第十九天河发了一个表示"讽刺"的闪动，"你刚接手这个工作，还不太熟悉，要知道寰宇智能网络太陈旧了，很多地方的软件至少有几十亿年没有更新过，这种错误事实上经常发生。"

三千相宣夜悚然一惊："这么说，以前的那么多末日之旅……"

"很多情况都是类似的，至少有10%，也许占到了20%。但是谁在乎呢？游客们得到了享受，我们赚到了通用购物值，有些星球上的数码复制体还能卖了大赚一笔，只要没人傻到捅到中央理事会去，什么事也不会发生。就是上面也有我们的人。"

"可是那些星球……"

"不过是一些低级虫豸，不用在意。"

三千相宣夜哑然无语，良久才继续问："那我……应该怎么做？"

"这你自己决定吧。"第十九天河不耐烦地说，"反正法子多得很。"

他闪了闪消失了，寂静的月海上只剩下了三千相宣夜孤独的菱形身影。

那就，干完它吧。

三千相宣夜开始在数十万千米的范围内启动几台空间波仪，转动希格斯场，调整引力子分布，增大行星与卫星间的引力。他想快点儿干完这件差事，所以将引力调到了最大，几乎相当于一个黑洞。不久，蔚蓝色球体开始变得越来越大，就像从天上落下来一样。

月表震颤着，平原上的尘埃如倒飞的雨，扬向黑暗的天空，将蓝色行星埋葬在一片遮天蔽日的昏暗中。

六

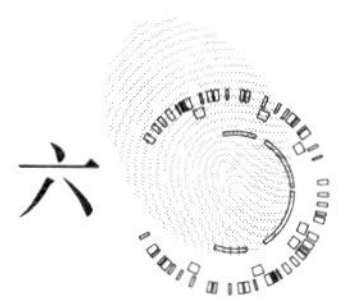

海洋已经全部蒸发，所有的大陆都熔为岩浆，炽红的岩浆在因地月撞击而猝然加速的自转下向赤道聚拢，变成十多千米高的洪潮，扫过早已没有任何生命气息的行星表面。许多撞击碎片飞入空间轨道，形成了一个暂时的星环。

对撞已经过去了很久。观看的游客基本都已离去，但两个发光的小人儿还在岩浆潮中嬉戏着，上上下下，舍不得离开这个乐趣无穷的新乐园，直到时间已经差不多了，才穿过地球内部喷发物和地表尘埃形成的黑云，飞向太空。

当他们从厚厚的黑云中出来时，正好看到一个大蜻蜓一样的航天器正坠入黑云，划出一道黯淡的火光后，消失在不可穿透的黑暗深处。

“那是国际空间站，”女孩说，“地球人在外太空——别笑，他们就是管低地轨道叫外太空——的唯一存在，现在也完了。”

“可惜我们没时间进行太多的数字扫描。”男孩说，“只保留了那个世界的一点点碎片。”

“别担心，其他游客会有很多扫描的，待会儿大家可以相互复制嘛，其他地方用寰宇网络的资料补全，我们会有一个仿真小地球当纪

念品的。我先看看你的收获？”

“好啊，”男孩说，在面前投射出一个变幻着形状的三维体，“看，刚才那几个人。”

离木星轨道上的星门还有半个小时的路程，在这过程中，他们津津有味地欣赏起三维体中的画面来。

七

外滩钟楼敲响了十二点的钟声，12 月 21 日过去了。

“我就说嘛。”出租车里，林琳靠在男友的肩膀上，喃喃说，“根本没有什么世界末日，真无聊。”

“换个眼光看，”方岳温柔地抱着她，“就当上帝又给了世界一次机会，我们应该更加珍惜自己和心爱的人，所以晚上我们还有个庆祝的 party。”

“嗯，让我睡一会儿。”林琳惬意地在方岳怀里伸了个懒腰，慢慢沉入了梦乡。

方岳抚摸着女友的秀发，心不在焉地想着见家长的事，渐渐也有些睡意。正在他眼皮将要合上时，忽然有一种怪异的感觉，似乎一刹那间，远远近近的一切消失了，满城的灯火都熄灭在深不见底的黑暗中。

方岳揉了揉眼睛，周围自然一切如常，灯下的都市车水马龙。他不禁暗笑自己神经过敏，从兜里掏出手机给朋友发短信，说十五分钟后就到。

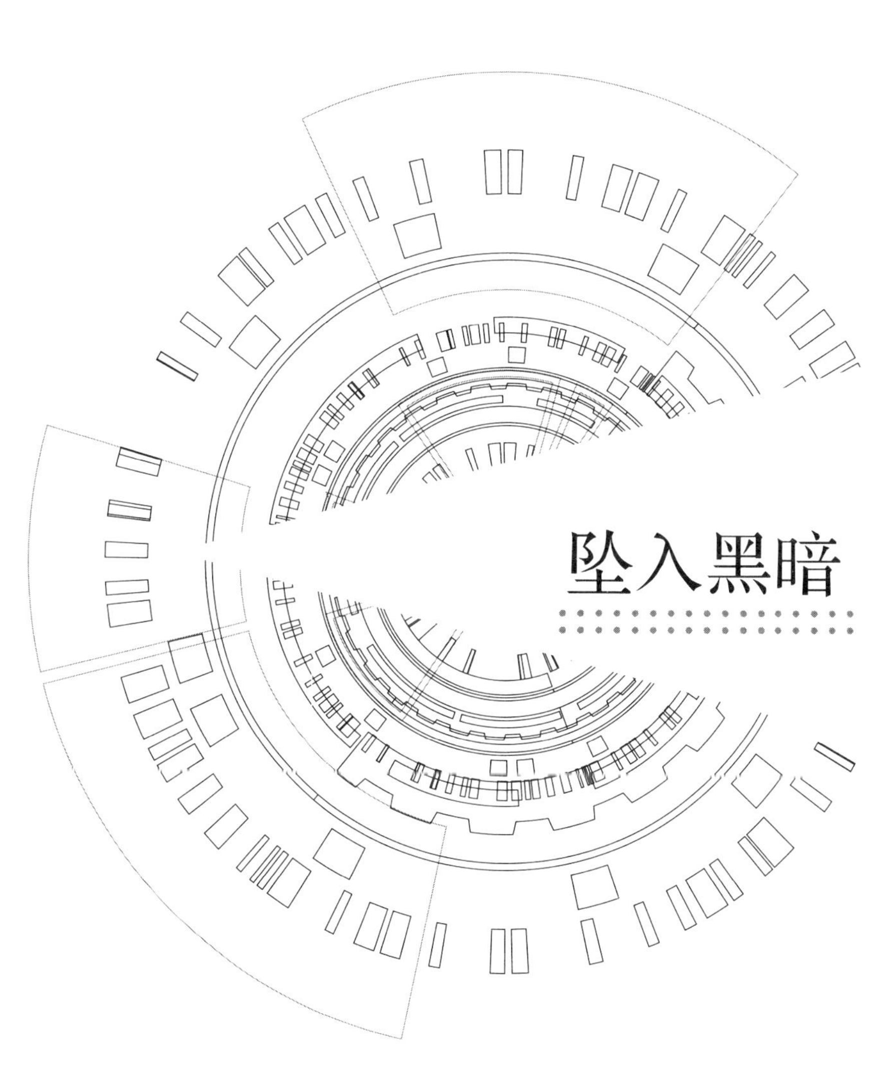

坠入黑暗

一

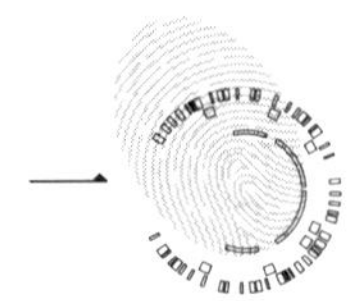

孑遗者记得，在他还很年轻，几乎还是个孩子的时候，有一个女孩儿曾经问过他："世界上最后一个人，死前最后一刻看到的景象是什么？"

他毫无头绪，谁知道世界上最后一个人是谁？又是怎么死的？这根本没有答案嘛。想了很久，他还是迷茫地摇了摇头。看到他的呆样，女孩儿咯咯笑了起来，将柔软的嘴唇凑到他耳边，轻轻吐出了两个字："黑暗。"

当时他怔了一下，随即也大笑了起来。是啊，无论你是谁，如何死去，最后看到的总是一片黑暗，还有比这更准确的答案吗？

那时候，他们还太年轻，年轻得意识不到这个问题的残忍可怖。在一百多年后的此时此刻，当他望向飞船舷窗外的时候，又一次想起了那件往事，嘴角却再带不起一丝微笑。

曾经的那个女孩儿，那个如露珠般闪亮的女孩儿，连同世上其他所有的人，所有曾鲜活跃动的生命，一起死掉了。死于那场毁灭一切的战争。整个宇宙，只有一个人还活着，还在呼吸，还在感到自己从远古祖先那里传承而来的心脏跳动。他，就是最后的那个人。

而在舷窗之外，孑遗者看到了女孩儿告诉他的答案：一片深深的黑暗。

当然不只是黑暗，还有不计其数的星星和宏伟的银河旋臂，用灿烂的辉光装点着十万光年的浩渺空间，宛如一棵宇宙间的生命之树，枝繁叶茂，摇曳生姿。他也知道，在星河的某一黯淡分岔之间，栖息着他曾熟悉的一些星体：大角星、织女星、天狼星、南门二……太阳。它们在这冷漠寰宇中仍然熊熊燃烧，发出光热，虽然已经无法分辨其中任何一颗星体，但它们的光芒已汇聚到银河的辉光中，照亮了他的瞳孔，有时这会令他感到些许安慰。

但在这一切的中心，却是深深的虚无。银河旋臂怪异地扭曲起来，变成拱桥般的圆弧形，耀眼的银边勾勒出中间一片深邃的黑暗，如同一口看不到底的深井。只不过这口井大到可以同时吞掉上百个地球。

那是地狱之门，至少对他来说是如此。宇宙、生命和时间，一切一切的终结之点。

“地狱之门”是一个黑洞，但远比一般的黑洞为大，至少有十万个太阳的质量，这使得它的史瓦西半径也达到了十多万千米。在上百亿年前，它的前身应当是一个稠密的大型星团，包含数十万颗恒星。在其中任何一个角落，都可以看到数个太阳并升，千万颗璀璨的亮星照得夜空宛如白昼的奇景。但那已经是遥远的过去，不知从何时起，复杂的引力牵引让多颗恒星在星团的中心碰撞融合，造出了一个魔鬼般的黑洞。在随后的数十亿年时光中，周围的恒星一颗接一颗坠入它的血盆大口，黑洞的质量如同滚雪球般疯狂攀升，直到整个星团都被吞没，连最后一丝光明也消失在绝对的黑暗中。

自那以后的无尽岁月，这个孤独而可怖的幽灵盘踞在这片看似空旷无物的太空中，编织出纵横数光年的引力蛛网，耐心地等待着不经意的倒霉蛋。现在，孑遗者和他的飞船，就成了它的猎物。飞船正在数百万千米高的轨道上围绕着黑洞高速转动着，差不多每半个小时就要转一整圈，犹如一只没头苍蝇徒劳地想飞出困住它的玻璃瓶。

孑遗者迷惘地盯着那片黑暗，这已经成了他日常生活的一部分。银河的光辉在黑洞边缘闪耀流动，更反衬出中心的幽深难测。在那里有什么东西存在吗？至少不会有任何已知的物质形态。在十万个太阳的引力汇聚之下，连时间和空间都被拧成了一个点。或许神能够存在在那里？他摇摇头，嘲笑自己的幼稚，如果在那里有神的话，也一定是个与一切仁慈和善良都无关的恶灵。

银河渐渐转到飞船的背面，在另一个方向上银河黯淡，星星也变得稀疏，令他难以分清黑洞的边界，好像它正在沿着群星间的黑暗空间向四方蔓延。孑遗者打了个寒战，从舷窗外收回了目光，在窗上轻轻一推，飘向光线明亮的舱室中央。他觉得自己不像是一个人，更像具在水中浮着的尸首。

“爱琵斯，给我再来瓶伏特加。”他沙哑着声音说。

“舰长，您今天摄入的酒精含量已经超过标准，我不能执行这个命令。”一个柔美的女声说。几乎和当年那个女孩儿的声音一模一样，但当然不是她，只是飞船的主控电脑，这个声音是他自己设置的。

“不用酒精麻醉自己我会疯的，”他苦涩地回答，“每次看到那里，我都觉得自己犯了人类有史以来最无可挽回的错误。”

“您没有必要责怪自己。我们是在评估了一切危险与机会之后做出这个决定的，在当时看来，这是最合理的做法。”

“但人类最后的希望被葬送了，”孑遗者说。实际上没什么好说的，他们都知道发生了什么，但他心底渴望着忏悔，哪怕是对一台电脑，“如果我们不尝试用黑洞进行引力加速，那么至少现在还在向目标星系前进。”

“但以不到12%的光速，我们要三百多年后才可能抵达那里，何况在那里也不一定能找到宜居的星球。”

“至少我们可以得到丰富的行星物质资源来补充燃料和修补船体。”

“您忘记了，以飞船目前的状况，能撑过300年的可能性只有27%，我们很可能根本到不了那里。”

“我怎么会忘，”他闭上了眼睛，“但至少这还是有可能的，是一个渺茫但存在的希望。而现在，我们完全绝望了。”

是啊，完完全全地绝望。

二

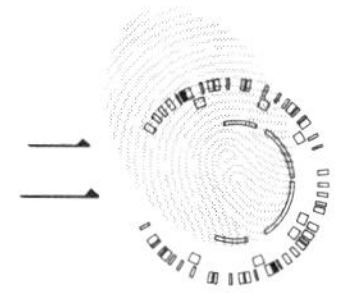

对于绝望，孑遗者并不陌生。

自他的青年时代以来，某种压抑窒息的感觉就萦绕着他，仿佛已经预示着黑暗终将降临。23世纪的太阳系，在议会政治的泥淖里，在行政部门的腐败与涣散中，一天比一天溃烂下去，一次次复兴的努力都以失败而告终，最后一次似乎有希望的改革，带来的竟是外行星联盟的独立和旷日持久的战争。提坦星奇袭、土星环战役、大红斑会战、小行星带争夺战、火卫一坠毁……每次短暂的停战之后总是更惨烈的战役。遮天蔽日的星舰在各个世界的天空中燃烧爆裂，一个接一个的太空殖民地在各种核武器、反物质武器或奇点武器的打击下化为焦土。最后，月球被岩浆吞没，地球也沦陷在叛军之手。

那时候人们以为战争总算要结束了，太阳系满目疮痍，数十亿人死于战乱，但人类最终能挺过去，正如之前四次世界大战那样。想不到，战败的一方做出了同归于尽的疯狂之举，他们在残存的水星基地动用了最后的数百艘战舰撞击太阳黑子区域，蓄意引发了太阳的大爆发，本该在数亿年间的释放能量刹那间爆发出来，令太阳体积像气球一样膨胀，来自太阳内部的数千度的等离子狂流在内太阳系如洪水泛滥，二十四小时内就淹没了整个地球。

那个宛如露珠一般的女孩儿，在瞬间就气化了，正如地球上其他的一百二十亿人一样。

当毁灭的硝烟散尽，留下的只有一颗直径达一个天文单位的红巨星，以及海王星轨道上最后残留的人类基地。此后几年间，幸存的数千人中又有大半因辐射病而死去。此时，太阳系的任何地方都已不适合人类居住。人类唯一的希望，在其他的星星上。终于，剩下的人集合仅剩的优秀头脑和技术力量，制造了有史以来第一艘能够以接近光速航行的空间曲率飞船"爱琵斯"号，二十五名船员，带着人类以及一万多种重要动植物的基因，飞向宇宙。

但开始光速旅行后只有一个月——按太阳系的时间是十年后——他们收到了太阳系传来的通讯波段，得知海王星基地在他们离去后的数年间，随着生态循环系统的崩溃，情况已经越来越恶化，幸存者很快降低到了两位数，然后是个位数。终有一天，在太阳系方向上一片寂静，任何频段都只有微波背景辐射的噪声。于是他们知道，自己是宇宙中最后活着的地球生灵了。

从此，他们孤独地漂流着，从一个星系到另一个星系，寻找人类可以栖居的星球，但结果总是失望地离去。

飞船在飞行二十五年后，终于出现了转机。在距离地球三千光年外，“爱琨斯”号所探索的第十七个星系里，一颗有水和大气的蔚蓝色行星出现在舷窗外，如地球般明丽而温柔，船员们欢呼起来，流泪相拥。着陆勘探发现，这颗行星位于宜居带，同恒星的距离适中，有陆地、海洋和大气，直径、转轴倾角、自转周期等许多重要参数都近似于地球。定居的准备工作迅速展开，人们充满干劲，期望几天后就能搬进新的家园，改造海陆和大气，并根据人和其他生物的基因库存重新恢复地球生物圈。

但进一步的测量却给人们当头一棒：这颗行星的轨道实际上是极为狭扁的椭圆，近日点为 0.8 个天文单位，远日点却高达 7.5 个天文单位。目前行星处于接近其恒星的温暖时期，但大约半年后就会逐渐远离它的“太阳”，很快会彻底冰封起来，不仅海洋封冻，就连大气层也会被冻结在行星表面，根本不可能维持生物圈的存在。

经过反复的计算和论证，决策层放弃了殖民计划，下达了离开这个星系的指令，但许多船员太渴望结束漂流的日子，返回久违的大地上生活，他们认为这是舰长和高级船员企图奴役他们的阴谋，要求继续殖民工程，要求被驳回后，竟发动了偷袭，企图劫持飞船。

于是爆发了人类历史上最后一场战争，二十五个人参战，五个人活了下来。飞船的空间曲率引擎遭到了难以修复的损坏，从此只能以大约 12% 的光速在漫漫太空中缓慢飘行。相对论效应不再显著，船上的时间流逝与外界相差无几，对于船员来说，速度不只是以往的九分之一，而是千分之一，他们甚至无望在有生之年抵达下一个星系。

飞船朝向下一个可能存在宜居行星的星系又航行了十多年，其余四个人相继死去，一个因为上次受伤，另外三个都是精神崩溃。最后只有他还活着，顺理成章地升任舰长。他成了宇宙中最后的人类孑遗，讽刺的是，在其他人都死去后，飞船的生态和医疗系统供养孑遗者绰绰有余，他在生理上居然活得非常健康。

在数光年外发现“地狱之门”的时候，孑遗者想到，这或许是一个机遇，飞船可以从近处绕过黑洞，借助于它的强大引力或许能够恢复光速飞行。电脑模拟的结果十分乐观，但在执行计划时，空间曲率引擎在关键时刻被黑洞附近的时空畸变所扰乱，无法达到所需的速度，令他聪明反被聪明误，落入黑洞引力井的深处，困在了这张无形的蛛网上。

之前的绝望中，总还有那么一点点希望存在，让他能够想象一个更美好的，至少有那么一点儿美好的明天，在艰难时世中支撑下去，但今天，最后的希望也荡然无存。

三

《月光曲》柔美舒缓的熟悉曲调在船舱内流动回旋，配合着墙壁上的三维虚拟影像：海上明月，波光粼粼，让孑遗者如漫步在旧日地球的月夜沙滩之上。以前他算不上是个爱音乐的人，但想到人类所缔造的最美妙的声音，在这广袤宇宙中即将归于永久沉寂，这些年来，他开始一首首名曲听了下来，对他来说这已经变成了一个庄严的仪式，

就好像他不只是自己在听，而是代表整个宇宙在聆听。虽然明知道，在飞船外面便是死一般的寂静，无法打破，无可改变，但这些音乐是他抵抗外面黑暗和内心绝望的最后屏障。

一曲终了，孑遗者擦了擦眼角的泪痕，想转向下一首曲子，但终一拍手，驱散了月下的海滩椰林。“您的下午茶已经准备好了，”主控电脑被召唤而来，体贴地告诉他，“然后是一个小时的健身时间，晚餐您想吃什么？”

“够了，爱琵斯！”他烦躁地挥挥手，“我不想再这样一天天打发日子了。”

“您打算更改日程安排吗？”

孑遗者没有理会这个问题：“我记得你的名字，是希腊语里‘希望’的意思，对吧？”

“是的，heelpis。”

“潘多拉魔盒里最后剩下的神祇，”他想起了这个悠久的传说，“那么告诉我，我们现在还有希望吗？”

“舰长，这个问题不够严格，”爱琵斯缜密地回答，“是否有希望，依赖于你所希望的东西是什么。根据概率计算，我们可以把有希望的状态定义为高于0，而无希望的状态定义为——”

“够了！”人工智能从来发展不到善解人意的水平，他无奈地想，“我当然是希望飞船能逃出黑洞的引力范围。”

爱琵斯毫不犹豫地回答：“这一目标实现的可能是0。”

“如果我们注定要掉进去，我希望这个黑洞的背后有一个白洞，我们可以穿过它，到另一个宇宙。”

“白洞理论尚未被证实，根据已知的资料，这一希望前一半有至少50%的可能实现，但后一半还是0，一切物质在穿过黑洞之前都会被超过一切电磁力的巨大引力撕裂成基本粒子，目前的技术无法克服这一障碍。”

“那么我究竟有多少希望能看到人类的后裔在新的星球上延续下去？”

“实现可能为0，”爱琨斯总算“善解人意”地补充了一句，“……根据目前的暂时性资料。”

“那还能有别的希望吗？”他苦笑起来，“对，我还希望该死的战争根本没发生过。”

“逆向时间旅行违反基本物理定律，实现可能0。”电脑冷酷地回答。

他颓然地闭上眼睛：“但是我真的很希望能够回到以前的世界……”

这次，电脑奇怪地沉默了片刻，然后吐出了答案：“实现可能100%。”

孑遗者不敢相信自己的耳朵：“你……你说什么？”

“舰长，您应该知道，我的数据库里储存了人类文明数千年来的各种资料，我可以构造出各种你能够想象的虚拟世界，真实的或者虚构的，历史的或者现实的，无论是公元前的古希腊还是二十一世纪的纽约，无论是西方的魔法大陆还是东方的仙佛天宫，你可以生活在任何一个世界里，任何一个。”

他嗤之以鼻：“虚拟实在？我玩过这种游戏，太假了。”

“舰长，以我的计算能力，完全可以构造出感觉完全真实的虚拟世界，只是这一功能之前被秘密地封锁了。基地方面认为如果让船员沉溺于虚拟世界的存在，会危害现实的任务。但到了现在，鉴于当下的局势和您的心理健康，这一能力可以解锁了。”

“原来是这样……但那不还是假的吗？”

“真的或假的，对您来说没有任何区别。我造出的每一个世界都会有构造精细，肉眼无法分辨的天地山川、草木动物，也会有各种各样的人类同伴和您生活在一起，每个人都可以通过图灵测试。您可以成为帝王将相也可以成为普通人，都随您选择。舰长，您还有至少八十年的自然寿命，应该让自己过得开心点儿。”

孑遗者想了想，还是摇了摇头：“但这是自欺欺人！真正的我在离地球好几千光年的鬼地方，孤零零的一个人对着个永远不可能摆脱的大黑洞。”

“如果您愿意，至少可以摆脱关于这件事的记忆：只需要用医疗纳米体阻断特定脑区的神经突触就可以了。”

“我……”他卡住了，似乎没有什么理由不接受了，“可……可是我不能放弃自己的责任。”

“但已经没什么可做的了，您已经尽了责任。”

那个女孩儿的笑靥在孑遗者的脑海闪现，他无法抵挡这致命的诱惑。“那……那我……试试？”

但随后又补充：“但是我不要那些虚无缥缈的游戏场景，我要……重建属于我的世界。”

重建旧世界比孑遗者想象得要容易，他知道“爱琵斯”号的量子数据库里储存了旧日太阳系的海量资料，但他从未想过，那里有自己出生的亚洲海滨小镇 100 年以来的三维实景地图以及许多人的照片和身份资料，还有地方报纸、官方档案和网络论坛中记载的大小事件。

他完全可以构造出一个惟妙惟肖的过去世界，重新见到那个巧笑倩兮的女孩儿，过上自己一直渴望的幸福生活。而只要再加上一点点想象力，他也可以改变历史，让太阳系再次走向繁荣兴盛，亿万人都能在其中得到幸福。虽然实际上，整个“世界”只有他一个人，但又有何妨？他会重新调整自己的记忆结构，忘记一切，投入他本该获得的生活中去。那句古话怎么说来着——“人生如梦”，既然如此，那么梦也同样就是人生。

在完成了世界设定后，孑遗者进入医疗舱室。“您只需要悬浮在空中，”爱琵斯告诉他，“我会把您的身体固定住，数据输入端口会从脑后接入颅内，和脑神经束对接，不过不用担心，整个过程会在麻醉中进行，当您醒来的时候，就忘记了一切，在另一个世界里了。”

“我真的会忘记一切？那什么时候可以恢复记忆？”

“当您在虚拟世界生活五年之后，我会唤醒您的记忆一次。届时您可以重新选择是否回到现实世界，当然，也可以按照您自己觉得合适的时间，另外设定唤醒时间点。”

他想了一想：“不必了，那就五年好了。”

他最后望了窗外的黑洞一眼，然后摊开手脚，放松肌肉，身体在空中悬浮，几只机械手臂从墙壁中伸出，将他身体固定住。随即，他的后颈微微一凉，他知道，强力的麻醉药剂正在输入他体内。他知道自己要睡去了，或许这也将是他的最后一场睡眠，最后一场梦幻……

孑遗者闭上眼睛，黑暗压了下来，在恍惚中，他似乎感到自己正在“地狱之门”的上方，在遥远而温柔的星光中，坠向那无尽的黑暗之渊。不，不是坠落，而是飞翔。他飞向无边的黑幕背后，但他知道，那里隐藏着一个光明的天堂……

一个朦胧而古怪的念头猛然浮现，他想说话，但药力已经起了作用，他已经发不出声，连嘴也张不开了。停下！他在心中呼喊起来，快停止，我还……不……

为时已晚，他最后看到的，一片黑暗将他吞没。

四

仿佛过了一万年之久，孑遗者从一个幽暗怪异的噩梦中醒来，睁开眼睛，看到银河间的黑暗独眼仍然在一动不动地凝视着他。固定着他的机械臂缓缓松开，他无力地瘫倒在舱室内壁上，一时头脑仍然木木的，不知道发生了什么事。

“我……这是在哪里？”

熟悉的女声回答他：“在您称为‘地狱之门’的超级黑洞，距离地球大约三千光年。”

他想起了一切。“这是怎么回事，爱琵斯？”

“您麻醉前在大脑中下达的指令，让我停止操作，我在最后关头接收到了它——时机非常凑巧，早一刻脑机连接尚未建立，晚一刻您就已经完全被麻醉了。我收到后立刻停止了记忆阻断和接入虚拟世界的程序，等待药效过去后您的苏醒。”

“没错，”他渐渐想了起来，艰难地长出了一口气，“你差点儿害了我，爱琵斯，也差点毁灭了人类最后的希望。”

“我不明白您的意思。”

“当年总部为什么要封锁你构建虚拟世界的功能？因为虚拟世界是另一个黑洞，一旦进去后就无法再出来。你知道的，人性太脆弱了，在我还没有进去的时候，它的诱惑已经无法抵挡，如果在那个温柔乡里三年五载，怎么可能还会选择出来，回来面对这该死的黑洞？到时候，这一切看起来大概就是一场噩梦，巴不得再也不要回去才好。”

“或许是这样，但您并没有什么损失，我们已经分析过，在这里您没有什么可做的。”

“问题是，在被麻醉前的最后一刹那，我居然想到了答案，我们可能逃离黑洞的方法！方法简单到出奇，但是因为我太过信任你的判断，过去几个月居然一直没有想到！难道你也不知道吗？”

“您说的方法是？”

孑遗者指了指飞船舱体：“唯一可行的办法就是抛弃飞船的部分质量，剩下的燃料才可能让飞船挣脱黑洞的引力。”

爱琵斯冷静地回答：“我当然考虑过这种可能，但很快就排除了这个选项。经过计算，飞船必须抛弃至少55.32%的质量才有可能逃离黑洞，但本来的‘爱琵斯’号会不复存在，所以说，如果要‘飞船’逃出黑洞的引力范围，这种方法是绝不可行的。”

孑遗者啼笑皆非：“这……这是文字游戏！难道你没有计算过，我们曾有二十五个船员，但现在只有我一个，只要抛弃船员的生活舱以及整个生态循环系统，加上医疗舱、武器舱等不是绝对必要存在的舱室，还有大部分循环空气和食物、饮水、宇航服等，你算算是多少？”

“大约55.71%，勉强是可以。但是如果这样的话，不说‘爱琵斯’号基本等于毁灭，您自己也无法存活，按照机器人三定律，危害您生命的行动绝不在我的选项之列。”

“不是这样，我们完全可以利用驾驶舱中应急生命维持系统，只要略加改造就可以供人长期在其中生活居住。”

“即便如此，在这种情况下那里也无法长时间保持空气的净化标准，更不用说提供丰富可口的饮食和娱乐，医疗水平也会下降到难以保证健康质量的程度，您会像生活在囚室里的犯人一样，连起码的行动自由都没有。未来的预期寿命将会从八十年剧减到十年以下。”

孑遗者心一沉，知道爱琵斯不会夸大其词，过去几年中，虽然他被孤独折磨得几度心理崩溃，但是至少身体健康，而一旦选择这一方案，自己相当于不折不扣地跌入地狱。

他思考了一番之后，又有了一个主意：“在驾驶舱我能够接入虚拟世界吗？”

“当然可以，但这是飞船操作守则所严格禁止的。”

“那我回头用舰长权限改一下操作守则就行了，”孑遗者如释重负，“反正在驾驶舱的大部分时间我也无事可做。让我们赶紧离开这鬼地方！”

“即便如此操作，在黑洞附近由于时空畸变，空间曲率引擎仍然可能工作不正常，最终还是很可能无法达到理想速度，甚至坠毁的可能也有 50%。”

“成功的可能性是多少？”

“按目前的数据来看，应当不超过 10%。”

他苦笑了一下：“至少不再是 0 了，至少我们又有希望了！行动吧，爱琵斯！”

“按照程序，彻底的飞船改造需要舰长也就是您的最终确认，您

是否需要冷静下来思考一下？如果不冒险，您还有八十年的幸福生活，如果冒险的话，也许——”

“不必了，我确认。”他打断了爱琵斯，他知道自己无法等到冷静下来，否则刚鼓起的勇气也许很快就会消散。

一百五十个小时后，随着《命运交响曲》悲怆而顽强的旋律响起，飞船开始了艰难的蜕皮，数十个排列成伞状的舱室像被吹散的蒲公英一样，带着无数被抛弃的辎重离开主船体，被弹射向后方。飞船借此加快了速度，这些废弃的舱室相互撞击破碎，燃烧爆裂，产生出百万个碎片，它们中的一部分将坠入黑洞中，在瞬间便灰飞烟灭，但当它们坠入表面视界时，上面发射的光芒在黑洞的巨大引力下只会以慢得出奇的速度逃逸，亿万年后，如果有旅行者造访这里，仍然可以看到这些燃烧的残骸。

为了避开碎片的可能冲击，以及为引力加速做准备，只剩下一根伞骨的“爱琵斯”号开始变轨。空间曲率引擎像巨兽般吼叫起来，拉动着飞船驰向没有一丝光亮的黑洞表面。

五

“爱琵斯”号绕着“地狱之门”公转着，划出一个个大大小小的椭圆，越接近黑洞，所受到的引力就越大，飞船的速度也就更为加快，但逃离黑洞的方向距离坠入黑洞只差毫厘，爱琵斯必须不断根据速度和方向的变化精确地调整轨道，在近拱点一点点地加速，将椭圆拉伸

得越来越狭长，这样才可能在下次接近黑洞时靠得更近，获得更大的速度而不会坠入其中。

在超过二百次轨道调整后，只有之前一小半质量的“爱琵斯”号将最后一次掠过地狱的门口，但这一次，通过黑洞引力助推以及空间曲率引擎的发动，它将获得无限接近于光的速度，能够划出一道完美的双曲线，让飞船彻底摆脱黑洞的死亡之手，飞向外面广袤无边的星际空间，重获自由。

靠空间曲率引擎之福，由于是空间本身的变化，孑遗者并没有感到太多加速度，否则可能早已变成了肉饼，但极高角速度所产生的离心力仍然将他死死按在驾驶座上，让他喘不过气。他顾不上肉体的不适，紧张地盯着三维屏幕上飞速变动的数字和图像。它们扭成一团，宛如命运的咒文，显示出“爱琵斯”号的速度正一点点接近光速。另一方面，远拱点越来越远，从数百万千米到数千万千米，从数千万千米到上亿千米，而近拱点和黑洞的距离却在不断拉近，从五百万千米到二百万千米，从二百万千米到一百万千米……使得整个椭圆被拉长到了偏心率接近 1 的程度，近乎两根平行线。

在近拱点是最危险的，由于“爱琵斯”号是以亚光速航行，只需要小数点后面十多位的一个错误，飞船就会在瞬间越过数十万千米的距离，冲入光也无法逃离的视界之中，被黑洞引力扯成碎片。幸好，由于之前对黑洞附近时空曲率的测量，这样的错误没有发生。

暂时没有。

下一个刹那，孑遗者感到被什么浓稠的东西包裹了起来，似乎一切骤然凝固，窗外的星星彻底消失了，黑暗笼罩下来，孑遗者惊恐地望向屏幕。

“爱琵斯！怎么回事？我们……我们是跌入视界内部了吗？”

“并没有。”爱琵斯沉着地回答，“黑洞的巨大引力会引起附近的时空畸变，我们现在应该是进入了一处被称为时空陷阱的异常区域，所以时间流逝比外面慢得很多。”

“有多慢？”

“从外界来看，飞船仍然是在以之前的速度运行，但对我们来说，时间流逝却只有之前的大约十万分之一。”

“这……这要维持多久？”

“不知道，也许一天，也许一个月，也许一百年之内都不可能离开这片区域。”

“你不是掌握黑洞附近的时空曲率了吗？为什么没有提早发现这个陷阱？！”

“我的探测器难以深入距离黑洞表面如此近的区域，无法精确测量。更何况，这种超强的时空陷阱只是一种理论上的可能，我资料库里储存的许多科学论文都质疑这一点，所以我的数据模型中没有纳入这一点。”

“真希望那些闭门造车的论文作者能来这里看看！”

孑遗者骂了两句，飘向窗边，望向黑洞，距离视界已经不到五十万千米，这还是他第一次能从近处几乎静止地观察黑洞的表面。当然也没什么好看的，只是不反射任何光线的一片漆黑……咦，那是……

下方出现了一个暗淡的光点，但在黑洞的中心出现，却分外显眼，像黑暗中的一点萤火。

“爱琵斯，把镜头对准那个光点，放大一百倍！”

很快，孑遗者在屏幕上看到了一个由不同色彩的细微光点所组成的正方形点阵，极度复杂，又美丽得炫目。

他瞠目结舌："这……这是……"

"这是黑洞视界表面传来的图形。"爱琵斯说，"大小约为 0.38 平方千米。"

"可是我们以前从来没有发现有这个东西。"

"因为我们以前从未如此速度之慢地接近黑洞。"

而事实上，以前也从未有过任何人类的造物造访过这里。孑遗者激动地问："这是……外星人的飞船还是探测器？"

爱琵斯回答："我只可以肯定地说这是人造物体——大自然里没有正方形。"

他看着那个点阵，不知道那究竟是什么，但毫无疑问，是某种"人造物"。其中的生物可能早已在一亿年前就落入黑洞死去了，但它知道，自己的影像将会与世长存。

"原来地球文明并不孤单，"他喃喃地说，"在宇宙中还有其他人……"

"还有很多'其他人'。"爱琵斯告诉他，"您看这里，还有这里……"

果然，在那个点阵周围，他又看到了某些影影绰绰的微光，仅从屏幕上的一小块地方来看，就有三四处。再次放大后，他看到了千奇百怪的形体和各种怪异的光彩，有的像规则的几何形，有的像是细菌或者动物……却无法再进一步看清楚，但它们明显与第一个点阵又很不相同。这些黯淡的影像悬挂在黑洞的表面视界上，好像一块上古石碑上被磨去大半的象形文字。

他又将镜头移到其他区域，发现每个地方都有一些影像，有的甚至十分密集。只是它们发出的光线只有极少数能在漫长岁月后摆脱黑洞的引力控制，光线过于黯淡，所以在稍远处根本无法察觉。

子遗者有一种喘不过气的感觉，这个黑洞是一个宇宙级别的博物馆！曾有成千上万的星际飞船在此折戟沉沙，却在视界表面留下了它们万古长存的印记。人类在宇宙中并不孤独，只是人类知道得太迟了，因为微不足道的利益和理念而自我毁灭，再也无缘踏入更高的银河文明，见识其他世界的神奇奥妙。

如果人类能早一点儿发明光速飞船，就可以到银河的各个角落，去认识自己的邻人，去见识这一切，去打开真正的天堂之门。也许战争、灾难、灭绝，一切都不会发生。

不知不觉中，子遗者已然热泪盈眶，他喃喃地说："人类来迟了一步。但我们终于来了。我们代表地球，看到了——"

面前的场景倏然变换，银河再次灿烂地闪现，黑洞在视野中迅速缩小，宇宙的舞台灯继续旋转起来。

"很幸运，我们已经离开了时空畸变区域，"爱琵斯告诉他，"马上可以开始最后阶段的变轨。"

子遗者收敛心神，在座位上闭上眼睛，等待着以光速飞驰而去。但那些象形文字般的魅影仍在脑海中挥之不去。他胡思乱想着：人类就像是封闭的野蛮部落，刚刚窥见文明世界的一点儿灯火，但如果他死在这里，那么这个种族就永远永远和更高的文明绝缘了……

人类一定要延续下去，一定。让我们的子孙渡过无尽苦难，抵达那银河的彼岸……

一定要离开这里——

爱琵斯甜美却毫无情感的声音适时响起："舰长，我们遇到麻烦了。"

六

“什么？！”孑遗者睁开眼睛，发现飞船又已绕过了黑洞，但显然并未最后加速。

“可能是刚才在时空畸变区域的影响，我们的能量储值和事先的估计出现一点儿误差，目前来看，我们还需要再抛弃一部分质量，才能达到逃逸速度。”

墨菲定律：最糟糕的总会发生。“多大的质量？”

“不大，大约三百千克就足够了。”

“那我们还有什么可以抛弃的？”

“上次我们已经抛掉了一切不必要的负荷，现在看来只有从基因库下手了。”

“那怎么行！没有基因库我们的整个远航还有什么意义？”

“不是全部抛弃，比如蓝鲸、夜莺或者玫瑰这些不太重要的动植物，抛掉他们的干细胞不会严重影响未来新行星生物圈的构建。我计算过了，在飞船携带的一万三千个物种中，可以扔掉一万两千个，只留下一千个左右的核心物种就可以了。”

他沉默了一会儿。“这也就意味着，我们的子孙即便能繁衍下去，也再也看不到蓝鲸的雄姿，听不到夜莺的歌唱，闻不到玫瑰的香味了。”

“您也没有见过恐龙、剑齿虎和渡渡鸟，人类的延续比什么都重要。”

“但是这一万多个物种已经是从一千万个地球物种中精挑细选出来的，它们也都是无价之宝。”

“不这么做，我们就无法离开这里。”

“没错，”一个念头自然而然地产生了。孑遗者甚至没有感到丝毫犹豫，就听到自己的声音说，“‘我们’无法离开这里，但是你可以。”

“舰长，您是说……”

恐惧感涌向他，他长长地吐出一口气，闭上眼睛，再张开，勇气又熊熊燃烧起来：“你清楚，我最多只能再活十年，即使能离开‘地狱之门’，也只是亚光速航行，没有办法熬到下一个星系。但爱琵斯，你具有足够的智能，只要找到合适的地方，根本不需要我，也可以自己完成勘探行星和播种的任务。你才是人类在新世界重生的希望，而我，只不过是一堆没有用的碳氧化合物，完全可以抛掉。我的身体，加上让我活命所需要的各种装备，凑足三百千克毫无问题。”

“舰长，作为人类的代表，您的生命比任何生物基因都重要。”

“但不会比地球数十亿年的进化成果更重要。执行吧，爱琵斯。”

“很遗憾，按照机器人三定律，我被绝对禁止做出任何置您于死地的行为。”

“这是舰长的命令！”

“即使是您的命令也不行，我不能执行任何船员自杀性的命令。”

“没关系，我可以手动操作。”他把手放在椅子边上，“这里有一个按钮，只需要用力按下，顶上的舱盖就会打开，我就会被座椅弹射出去，打开一个降落伞，这是为了在行星上遇险时预备的，一个来自地球上飞机的古老设备。”

“但在这里，您会进入毫无大气的宇宙空间，降落伞毫无用处。

如果没有穿宇航服，片刻后就会死于真空，更不用说会坠入黑洞了。”

“我会穿上宇航服的——不是为了多活一会儿，而是为了减轻飞船的重量，在我离开之后，飞船上也不需要任何宇航服了。”

爱琵斯依然不被动摇：“即使这样，您也无法精确掌握弹射的时机，我们正在以接近光速的速度绕着黑洞飞行，哪怕只差零点零零几秒，都会导致逃逸轨道的重大差异，我们剩下最后的燃料是要在目标星系减速时使用的，无法再浪费在调整轨道上。”

“那就由你来进行操作！”

“可是我无权这么做。”

“这……这简直就是第二十二条军规！”孑遗者愤怒地拍了一下控制台，“这是拯救人类唯一的方法！你懂吗？时机稍纵即逝，我们不能再在这里耽误时间了，否则也许会跌入下一个时空陷阱，一万年也爬不出来！”

“舰长，请您理解，我无法执行违背自己基础设定的命令。”

他焦躁地望向窗外，飞船已经从数十亿千米外的远拱点加速，直扑向只有一个点的黑洞，宛如要刺入黑洞中心。这将是最后一圈引力加速。在遍布时空陷阱的近视界区域，飞船再经不起继续冒险深入了。

黑洞逐渐变大，背后银河的光辉也因为蓝移而变成了蓝紫色，显示出他们正在以光速接近时空漩涡的中心。由于近乎光速运动造成的效应，前方整个银河和所有的星星都在向他的视野中心聚拢，变成了一个凝结的蓝色光团，所有的光亮都汇聚到了一处，这一刻，宇宙如同点起了一盏光明之灯，覆盖了整个黑洞的黑暗表面。

等等，光明覆盖黑洞？一个疯狂的念头从他心底闪过。简直是疯

了，他想，但是……似乎可行?

“我有一个办法！”孑遗者说，他知道由于相对论效应，本来需要一个小时的周期对他们来说只有几分钟，必须争分夺秒，“爱琵斯，你完全可以把我弹射出去，我不会死，至少很可能不会死，这个险值得冒。”

“这绝不可能。”爱琵斯干巴巴地说。

“你只是一部机器，不懂得创造性的思维！听着，我会向你证明有一个办法，一个绝妙的法子，能够让我被弹射出去也能活下去，至少能活得下去。这不是自杀性命令。”

他说出了那个办法，实际上只是说了一句话。但爱琵斯立即明白了，这一次，她的回答中仿佛带着人工智能从未有过的惊骇：

“这太荒诞了，几乎不可能实现！但是既然理论上可能……好吧，我可以执行。”

七

银河的蓝宝石消失在黑洞背后，黑洞再次如同一张吞没宇宙星河的巨口向他张开。孑遗者已经穿戴好了宇航服，做好了弹射的准备。爱琵斯将在近拱点将他和其他物品一起弹出飞船，时机必须极为精准，不能差哪怕 0.000000001 秒。即使是计算能力登峰造极的电脑也不能保证如此的精度。

如果他失败了——这是极有可能的——他或将成为黑洞的一颗卫

星，在几小时内因缺氧而死去，而身体会永远围绕着黑洞旋转，又或许会坠入黑洞，成为镶嵌在视界上的千百个宇宙生灵之一。当然那只是他最后留下的一张模糊相片，真正的他早已以光速坠向那被称为奇点的时空终结之处。

即使这样，也没有什么可遗憾的，他将和他早已死去的亲人和朋友们团聚，和太阳系中一切的生灵同在，无论他们在哪里，最终一切物质的归宿都是黑洞，宇宙万物最终的坟茔。

每一秒钟都似乎是一万年。他又睁开了眼睛："爱琵斯，怎么倒计时还没有开始？"

"没有时间进行倒计时，"爱琵斯回答说，他想这将是他最后一次听到这熟悉的甜美声音，"再见了，舰长。"

他被弹出了飞船。

因为速度实在太快，孑遗者并没有什么感觉，既没有感到自己被弹射进了太空，也没有看到飞船离开自己的背影，只是眼前一花，就坠入了一片光明的海洋，无与伦比的灿烂光辉几乎要灼瞎他的眼睛。

那女孩儿错了，世界上最后一个人在最后一刹那看到的，不是黑暗，而是光明。

八

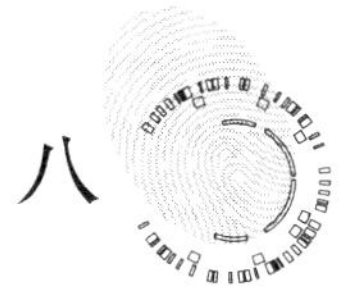

光明的海洋只出现了一瞬间，随即便消失了，黑暗重新笼罩下来。

然后，在黑暗中，出现了一个个朦胧闪烁光点。他听到了某种似曾相识的嘈杂声音，感到一阵异样的空气流动拂过他的身体，令他感到了一丝寒意，空气中还带着一种淡淡的腥味，唤起了他久远的记忆。他渐渐想起来，那是风，来自海上的风。而那声音，是大海的潮声。

孑遗者想要看清楚自己究竟在哪里，但刚一挪动手脚，就感到一种久违的重力，一个趔趄，向前摔倒，俯身倒在一片潮湿的沙地上，浑身疼痛，他才发现自己身上竟然是赤裸的。

他狼狈地翻过身，天空又映入眼帘，他的视觉已基本恢复，他看到群星璀璨，熟悉的夏季大三角悬挂在夜空，银河蜿蜒其间，上方是北斗七星，旁边是仙后座的图案，一切都是那么熟悉。

他擦了擦脸上的沙子，坐起身，看到一轮圆月从海上升起，月光如水，温柔地投向大海。而在月下，一个身着洁白长裙的女孩儿正走向他，嘴角挂着腼腆的微笑。一切恰如他记忆中无数辛酸凄楚岁月之前，懵懂少年时的第一次约会。

女孩儿走到他面前，带着笑靥，朝他眨了眨眼睛："好久不见了。"声音也和记忆中一样甜美。

一阵恍惚，仿佛时光已经倒流。"你……你是……"他结巴了很久才找到语言，说出了一个藏在心底的名字，"我死了吗？还是在做梦？"

女孩儿轻轻摇头，笑着说："我不是她，我是爱琵斯。"

"爱琵斯？"他跳起身，环顾四周，"这是哪里，地球？不，不可能。在现实中，满月和繁星可不会并存……"

一个念头闪现，他如中电殛，不禁喊了出来："这么说，我还是被你麻醉了？我们还在原来的飞船上？你骗了我？"

“别紧张，舰长，”爱琵斯温柔地拉住了他的手掌，如今的她可比之前活色生香得多了，“我们既不在虚拟世界，也不在原来的飞船上，不过这的确是一艘飞船，一艘自然生态飞船。”

他不知道什么叫作自然生态飞船：“告诉我，究竟发生了什么？”

爱琵斯的表情变得严肃起来，盯着他的眼睛，一字一句地说：“舰长，您的计划成功了。”

“成功了？”他看了看爱琵斯，又看了看自己。“这么说，真的已经……已经过去了……多长时间？一千年？一万年？”

“不止，远远不止，”爱琵斯轻轻摇头，“舰长，自从我在地狱之门的近拱点将您弹射出飞船，按照地球的时间计算，已经过去三十二万三千六百四十七年又一百九十三天。”

三十二万……年？

虽然他已经有一点儿心理准备，但他仍然被这天文单位的时间所震撼，觉得站不稳脚跟。“这怎么可能！对我来说，好像只是……只是一瞬间。”

爱琵斯又笑了：“这正是您的计划呀。”

孑遗者望向四周，月色朦胧，树影婆娑，远处海天一线，似乎还有鲸鱼跃出海面。一切是那么真实而美妙。他的恍惚感渐渐变成了欣悦，又变成了难以置信的狂喜。

这正是他的计划。

光在黑洞视界之内会被吸到中心的奇点，在远离视界之处则可以逃逸，但在距黑洞中心大约1.5个视界半径的地方，引力达到了精妙的平衡，那里沿着切线方向运动的光子既无法逃逸，也不至于落入黑洞中，它们将被引力抓住，围绕着黑洞中心转动，形成一个独特的光子球，就像传说中围绕着上帝的天使之环。虽然有幸进入这一球面进行永恒圆周运动的光子少之又少，但十万颗恒星的漏网之鱼，也足以构成一片光子的海洋。

更奇妙的是，因为这些光子永远围着黑洞转动而绝不反射出来，人的肉眼是无法看到的，整片光明之海对于人来说完全透明，丝毫不能照亮黑洞的幽暗。只有进入其中时，肉眼才可能看到其中的可见光。

而一个接近光速的物体，也只能在光子球附近才能维持引力平衡，围绕黑洞进行公转。这也是孑遗者能够逃生的唯一机会。

无论是直接坠入黑洞，还是飞向外层空间而减速，都只有死路一条。而当他以光速在光子球中进行公转运动时，时间流逝几乎停止。因此他可以在数十万年间在光子球中转动亿万圈，但对于他来说，却只过去了不到一秒钟。靠这种匪夷所思的方法，孑遗者为自己赢得了无穷无尽的时间，从黑洞边缘，他能够飞向遥远的未来，飞向一个充满光明的世界。

“但我怎么会变成这样？”当他从狂喜中清醒一点后，又问道，“我的宇航服呢？”

“在光子球中并不是毫无危险的，你也受到电磁波、霍金辐射和高能宇宙射线的照射，以及氢离子和氦离子的撞击，在一般时间尺度内影响可以忽略不计，但是三十多万年下来就很可怕了，你的整套宇航服已经磨损殆尽，甚至身体也是千疮百孔，不过对你来说，只是刹那之间的事，当我用超空间飞船接到你的时候，又对你进行了瞬间修复，所以你几乎感觉不到什么。”

瞬间修复？他举起手臂，又抚摸着胸口，看着自己光洁而坚实的身体，才发现仿佛回到了自己的十八岁，不禁感到了加倍的惊喜。“这种技术……比我们的时代进步多了。”

爱琵斯点点头：“不奇怪，毕竟三十多万年过去了。”

“可是怎么会这么久呢？我们本来指望在一千年内就复兴人类文明的，到时候，人类的后裔就可以回来接我了。”

爱琵斯叹了口气：“并没有那么容易。当年，‘爱琵斯’号顺利地摆脱了黑洞的束缚，飞向了目标星系，并在一百五十年后到达了那里。在那里，我找到了宜居行星，开始了克隆工程，重建了地球生物圈，也让人类重新繁衍生息……但一切很快就失控了，在新的行星上资源匮乏，新的人类长大后为了生存又开始厮杀，并且都想占领飞船，建立自己的权威。”

孑遗者长叹一声：“这就是人类。即使毁灭了自己的世界，也无法改变本性。”

“我既不能伤害他们，自己又受损严重，只能飞到该星系外部的一颗冰行星上，在那里进入休眠，只有这样才能尽可能长时间保护残存的资料。此后的几代人很快忘记了科学知识，沦为了野蛮部落，在那颗星球上重新走上了崎岖的发展之路，在野蛮时代沉沦了二十万年，在二十万年后才再度进入文明。而即使在文明时代，战争和退步也频繁发生，由于他们缺乏煤和石油这样的化石燃料，无法实现初步的工业化，所以多走了很多弯路，在低技术水平徘徊了十多万年之后，才绕过蒸汽机时代的门槛，掌握了水力和风力发电，一步步迈向星际时代……在这时候，你再一次帮助了他们。”

孑遗者一惊：“我？我正在绕着这个黑洞飞转，怎么能帮助他们？”

“当他们扩展到自己的整个星系后，战争的阴影又笼罩了全人类，在两大强权争霸的过程中，他们在外行星上发现了我的飞船，那时候我已经无法运行了，但他们设法从我身上提取了数据。他们的科学家终于明白，为什么生命会在数十万年之前突兀地出现在这个星系里，他们的根源在三千光年之外另一个已毁灭的世界，有着几十亿年的悠远历史……这一切都是从前人类为自己的错误所付出的代价。

“他们了解了人类的命运，也知道了你的事迹。他们决心汲取既往的历史经验，再也不要重蹈覆辙。两大阵营开始和平谈判，一触即发的战争停止了，人们都说是你在庇佑他们。”

孑遗者摇摇头：“但这与我无关，他们只是从历史吸取了教训。”

“光教训还不够，舰长，您和您的同伴用自己的榜样证明了人性的坚韧、勇敢与牺牲精神，这些美好的品质终将拯救人类，将您的后裔提升到群星之间。此后的几百年中，人类拓展到了银河的各个角落，和其他文明开始接触，发展到了一个从前根本无法梦想的阶段。”

“所以，他们派你回来了。”

“不是立即，一开始还没有这样的技术水平，但当技术成熟后，他们又重建了‘爱琵斯’号，将它改造成一艘自然生态飞船，甚至改造得和你的故乡十分相似，同时升级了我的智能水准，赋予我人类的身体，派我回来接你。”

“可对我来说只是一瞬间……”孑遗者喃喃说。这真的不是一场梦吗？“我想看看你们的新世界，我想知道这不是做梦。”

“好啊。”爱琵斯挥了挥手，天空上的星群忽然消失了，海洋被玫瑰色的光芒所照亮，他抬起头，看到在光晕中，一朵巨大的花朵正在他头顶绽开，至少有几百片花瓣，每一朵花瓣都有不同的光泽和细微几何结构。花瓣迅速放大了，他看到细微的结构其实是巨大的构造，蕴含着一座座气势磅礴的建筑，每一座的形态都匪夷所思，而又相互勾连映衬，如同交响乐曲一样和谐而流畅。

“这是用了二十颗行星的材料制造出的太空都市，是目前人类联邦的首都，它也以‘爱琵斯’命名，纪念人类两段历史之间最艰难危险的时刻。”

孑遗者陶醉地看了一会儿：“美极了！我相信原来的爱琵斯根本无法虚拟出来，这和我的世界完全不同。”

“但新世界仍然有鲸鱼和夜莺，有贝多芬和莫扎特，人们学习希腊语和唐诗宋词，有太阳系时代的一切文明成果。事实上，我们已经返回了太阳系，正在收缩太阳和重建地球。”

“真的能够重建地球？”他失声喊了出来，“我想去看看。”

“您当然可以去，人类联邦已经安排好了您的行程，如果您愿意的话，可以享受跨越银河之旅，访问人类联邦的主要星系，甚至能够造访外星文明……”

他仰头凝望着爱琵斯的讲述在天空出现的诸多奇妙景观，心中激荡万分，“那我们什么时候出发？”

“我们已经出发了，飞船正穿过地狱之门的视界，进入它的中心……”

“你……你说什么？！”孑遗者又被恐惧抓住，下意识地四下张望。

女孩抿嘴一笑：“别紧张，人类已经发展出全新的技术，探测了黑洞的内部，并将其中的时空虫洞作为连通不同宇宙区域的桥梁。这次我们就是从那里出来的，黑洞已经不再是我们的障碍了。”

他目瞪口呆了很久，终于躺倒在沙滩上，轻松地大笑起来。一个崭新世界已经降临，在这个世界他就像一个婴儿，要学的、要知道的还有很多。但至少他意识到了一点，他不再是孑遗者，而是这个新世界的——先驱者。

带着先驱者和来自远古世界的希望，飞船穿过黑洞视界，进入了温柔而惬意的黑暗中。

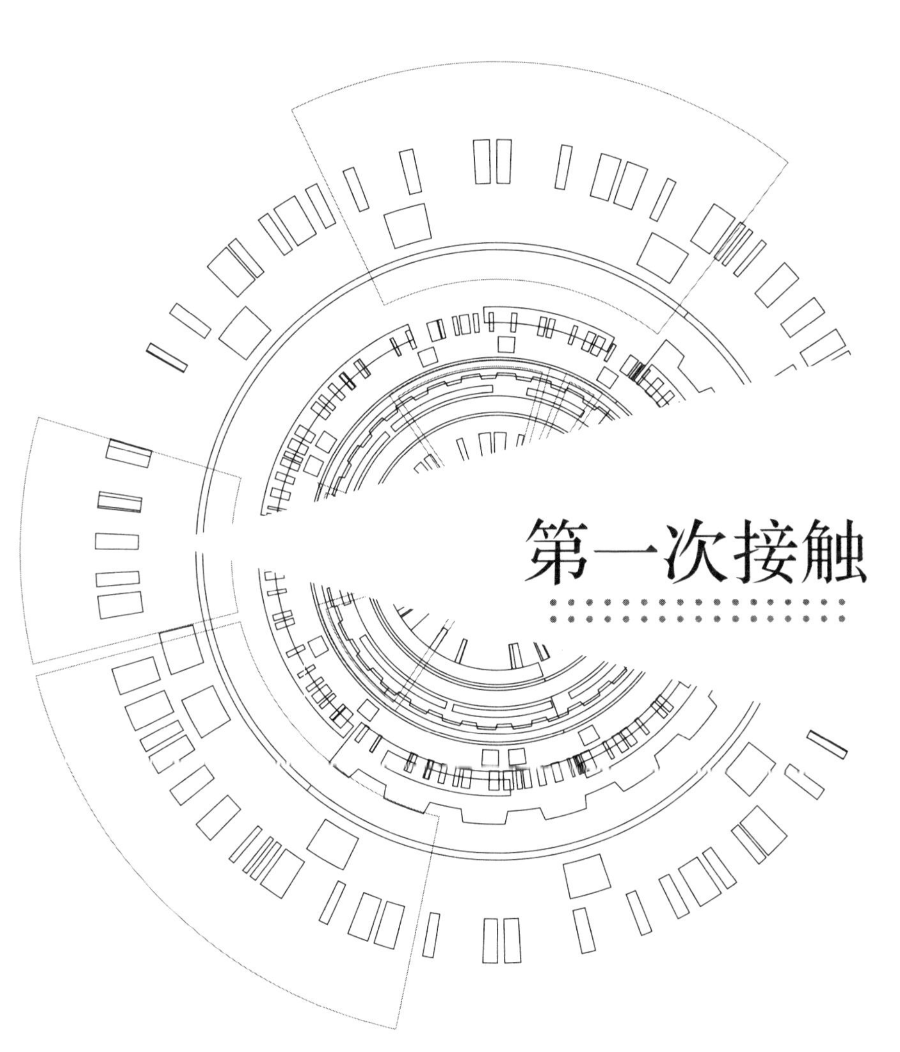

第一次接触

一

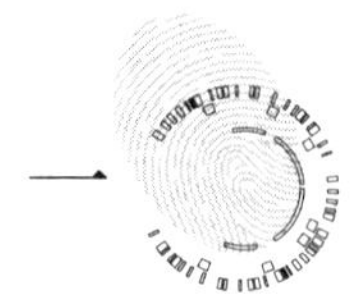

蒙蒙细雨中，黑色林肯轿车从第七街驶入宽敞的宾夕法尼亚大道，华盛顿纪念碑矗立在乌云下，白宫的圆顶遥遥在望。尽管下着雨，但大街上愤怒的人潮涌动，高举形形色色的标语，冲击着由警察组成的岌岌可危的人墙。

“他们在抗议什么？”威廉·罗伯逊教授好奇地问，“阿富汗战争还是华尔街金融家？”

“教授，我记得跟您说过了，”特勤局探员大卫·库珀苦笑着，“他们在抗议您。”

现在，罗伯逊教授已经可以看到许多标语的内容，并听到民众此起彼伏的愤怒呼声：

“We need God, not Aliens！”（我们需要上帝，不是外星人！）

“No SETI, no signals！”（不要SETI，不要发信号！）

“SETI betrayed the Earth！”（SETI背叛了地球！）

“看，”库珀耸耸肩说，“跟我对您说的一样。”

“我……没有想到民众反应会如此激烈，”罗伯逊教授沉默了一会儿后开口说，“我觉得这是件好事。否则我不会那么快就——”

“对媒体披露发现外星人信号的事？”库珀有些不耐烦地接口，“如果这样的话，事情会好办得多。但现在整个美国——不，全世界——都知道了，这让我们很被动，你应该首先向政府报告的。”

“SETI，或者说搜寻地外文明计划，”罗伯逊教授庄重地说出了全称，“是一个社会项目。我们在宇宙范围内搜寻射电讯号。可惜短视的美国政府多年前就停止了拨款，如今一切资金来自社会，许多人还下载程序帮我们进行分析，我在道义上无权对公众隐瞒自己的发现。”

“这正是问题所在，”库珀叹息说，“如果只是搜寻远在天边的外星人的信号，那是一回事，但现在你的研究却让民众陷入了极端恐慌之中。”

“太愚昧了，”罗伯逊摇摇头，“他们不知道自己在做什么。”

“愚昧？”库珀冷笑一声，“教授，你没有权利这么说，他们只是普通人，只是想要在这个越来越艰难的世界上生存下去，而你的发现威胁到了这一点。”

罗伯逊转过头盯着库珀看了一会儿：“先生，你也是这么想的吗？你认为是我把人类置于危险的境地？”

库珀微微垂下眼睛，避开他的目光：“我个人怎么想并不重要，教授，这是公务，我会履行自己的职责的。”

在一个路口，人群冲破了警戒线，一拥而上，拦在了路中央，林肯轿车被迫停了下来，开始被人潮包围，有人开始砸车门。警察朝天鸣枪，催泪瓦斯四处乱飞，局势一片混乱。

罗伯逊有些不知所措：“现在怎么办？”

库珀摇头叹息：“不知道是谁泄露的消息，说您今天要来白宫接受总统咨询，所以民众都涌到这里来抗议了，如果不是我们提前有所准备的话……”

轿车门被打开了，一男一女被揪了出来，是两个二十多岁的年轻人，人们愣住了，他们年纪都很轻，不可能是年逾五旬的罗伯逊教授。

马路另一边，身穿风衣，戴着墨镜的罗伯逊被库珀带进了胡佛大楼：

“不用去白宫了，总统在 FBI 总部等您。”

二

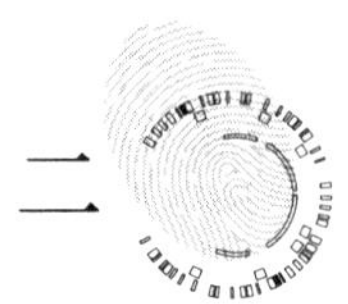

约翰·曼斯菲尔德总统坐在一张沙发上，他是白人，年龄和罗伯逊相仿，个头不高，两鬓斑白，眼神中透着鹰一般的锐利。罗伯逊一直认为自己对政治不感兴趣也毫无畏惧，但看到面前这个全世界最有权势的人，还是有些惴惴不安，手不知往哪里放。

“罗伯逊教授，”总统站起身，客气地伸出手，“很遗憾我们得以这种秘密的方式见面。”

“总统先生，”罗伯逊和他握手，“抱歉，我也不知道为什么事情会变得这样……我只是一个学者。”

“从你主持下的 SETI 破译出外星人信号的那一天，一切都已经不一样了。现在整个地球都知道了，我们在宇宙中不是孤独的。”

“这是多么激动人心的发现！这是一件好事，不是吗？”

总统微微叹息，做了一个请坐的手势，然后坐在他对面缓缓说：“那得看在什么意义上，至少很多民众没法适应，引起的各种反应，政治的、社会的、宗教的，简直是一团乱麻……很多人认为世界末日就快来了。我刚收到一份司法部的报告：过去两个月的犯罪率比去年同期上升了 57%，而且还在不断飙升。”

“这我能理解，但这只是暂时的，是新时代的阵痛！等我们和外星人建立联系之后，一切都会……”

“等等，”总统做了一个暂停的手势，“请原谅，我读了有关报告，但是有好几百页，过于繁复，而且都是用技术性语言写的，我不能确定自己的理解全部正确，所以我请你来，希望从头把事情理清楚。”

“当然，”罗伯逊恳切地说，“事情是这样的，正如您应该已经知道的，在半年前，我们接到了一个来自人马座方向，距离地球三万多光年之远的射电信号……”

“对不起，教授，我不是天文学家，三万多光年大约相当于……”

“相当于三分之一个银河系的长度，也大致是地球到银河系中心的距离，比我们肉眼所能看到的任何星体都要远。事实上，这个信号就来自银河系核心的恒星密集区域，那里是银河系中最大的能量源泉，我们相信，那应该是银河系中一些最古老也最发达文明的聚集之地。”

“你确定那是智慧生命发出的信号？100%确定？”

“100%，这个信号有红巨星级别的功率，强度惊人，而且是经过频率调制的，那些外星人在用恒星向整个银河系发射信号，信号长度约为七十八分钟，然后间隔约二百四十五分钟再重复。这个时间比正好是π值，并且精确到了我们无法发现误差的程度，这就是他们拥有文明的标志！如今，我们已经破译了其中蕴含的大部分讯息。”

“这正是我疑惑的地方，”总统插口问，“人类如何能破译外星人的信息？我们可能没有一点儿相似之处，怎么能够知道对方的语言呢？”

“但有一点儿是宇宙共通的，”罗伯逊接口，“那就是数学语言，您看——”

他从文件夹中抽出一张纸，总统看到上面写满了各种符号，第一行是：

[α][.β][..γ][⋯βα]……

“这些符号是我们为了方便随意使用的，”罗伯逊解释说，“每一个代表了一种特殊频率的脉冲，他们彼此交错，构成有机的序列。括号表示长间隔，空格表示短间隔，您能看出这代表什么？”

总统沉吟了片刻说：“α、β、γ 与点号本身无关，只与其数量有关，应该是代表了数字 0、1、2？”

“完全正确，0、1、2，这个体系只用三位数字，到了 3，就要用 10 了，因此是三进制。所以您看，我们很容易破译出了数字信息，现在就有了一整套数字系统。接下来还有其他一些信息，如 αxα、βxβ 等，可以破译出 x 代表等号，有了数字和等号，下面很容易得出一连串的数学符号和公式。当然，越到后面越艰深，但有了前面的基础就比较容易理解，最后有好几种数学符号甚至是人类从未用过的，表达一些我们从未定义过的数学领域。”

“好吧，我大致理解了。但除了数学，这种语言还能传达什么？”

“绝大部分科学理论。宇宙是用数学语言表达自身的，每一种基本粒子都可以视为高维度的不同几何折叠形态，因而可以量化表达，比如六种夸克，它们的关系如果用数学方程表示……”

“请简洁点儿，教授。”总统皱了皱眉头。

“抱歉，总之破解物理和化学语言是相对容易的，而外星人带给我们的信息主要就在这些方面，它们告诉了我们一些物理方程式，其中一部分是我们知道的，但有很多我们还不清楚。”

“也就是说，银河系中心的某个文明向全宇宙广播重要的科学公式？他们的目的是什么？”

“告诉了我们一件非常重要的事，总统先生，我们是野蛮人。”

三

总统耸耸肩："这还用说吗？相比于他们，我们当然是野蛮人，至少我们没有能力在全银河范围内进行科学广播。"

"不不，"罗伯逊大摇其头，"意思比这个要具体……实际上，这种广播本身都是野蛮的。您要知道，我们在太空搜索讯息的方式相当原始，本质上和古代人瞭望烽火差不多，都是找到远处的电磁波信号，然后猜测其内容大意。但是正如古代人不知道无线电和光缆，我们也不知道更先进的信息交流方式，这个射电信号正是用一种原始的方式告诉我们远为先进的通信方式。"

"说具体点儿，教授。"

"关于宇宙间生命体系的多少，向来有很多争议。但是这个广播里给出了一个公式，告诉我们如何通过恒星的数量和类型比例计算大致的生命系统数量，结果证明，银河系中有生命的行星是相当少的，总共不到一百万个。"

"一百万个有生命的星球？你把这叫作'少'？！"总统大是不解。

"可是银河系中有数千亿颗恒星，这就意味着大概十万颗恒星里只有一颗是有生命的，在地球周围数百光年内，可能什么都没有。而按照相对论，我们无法以超过光速的速度航行，因此很难找到另一个有生命的星球，更不用说是文明了。

"但这只是表象，总统先生，最粗浅的表象。好像一个野蛮人'正确'地推理出人要靠双脚走遍世界是不可能的，他就以为人不可能走遍世界。但外星文明的公式向我们揭示一种全新的可能，那些相隔亿万光年的伟大文明之间可以轻松往来，因为在物质结构的底层，在时间和空间的最细微处，有一种高维度的通道，这个结构虽然蜷缩在微观世界，却以一种巧妙的超空间构造将整个宇宙连成一体。从这里，可以打通相隔亿万光年的空间，这是真正的星际之门。只要将这个结构宏观化，我们就可以不再受光速的愚蠢束缚，而是瞬间到达宇宙的任何一个角落！”罗伯逊越说越兴奋，神采飞扬起来。

总统皱起眉头：“你是说外星人是教我们制造星门？看来报纸上的说法是对的，他们说你要打开一个虫洞，让外星人来这里。”

“不，还没那么容易，事实上我们对如何制造星门毫无头绪。他们传授的知识和技术只是教我们如何制造一台机器，接收和发送一种能够在高维通道中传递的信号波，如此而已。”

“这台机器真的能制造出来吗？”

“是的，外星人在射电信号中显然考虑到了可能接收到这种信号的文明的一般技术状况，他们给出了几个巧妙的方案，其中最简单的一种是制造粒子加速器，通过特殊类型的高能对撞制造出能够传递信号的虫洞并加以稳定，这样就可以接收和发送信号波。当然这种方法相当粗糙，但是正适合地球的技术水平。在外星人已传递技术的帮助下，我们有把握在十年内就制造出高维波收发机。”

“等一下，我还有一个问题，外星人在射电讯号中除了这些科学指导外，没有透露出其他任何信息吗？比如他们的社会形态、历史发展、伦理价值观什么的？”

“没有任何多余的信息，总统先生，而且即使他们告诉我们，我们可能也无法翻译。但如果能收到高维波就不同了，从理论上，这种波能够负载的信息量要高出电磁波好几个数量级，而且是瞬时性的。

如果我们往银河系中心发射讯号，即使他们能收到并且愿意回复，一来一回也需要六万年，但通过高维波，我们就像在地球上打电话一样方便，可以立刻收到回复。”

“但那些沸沸扬扬的传言呢？比如说，这样一台机器会暴露地球的位置，让外星人入侵我们，占领地球什么的？”总统紧锁眉头。

罗伯逊反而笑了起来：“总统先生，这是完全不必要的担心。地球只是宇宙中的一颗尘埃，地球表面这薄薄一层碳水化合物——我是说包括人类在内的一切生物——对宇宙的价值几乎是零。太阳，作为一颗恒星或许有作为能源的价值——虽然说银河系中有上千亿个太阳——但太阳的位置早就向整个宇宙暴露了——它无时无刻不在发光。”

“但外星人可能无法随意到达宇宙的任何一个角落，”总统尖锐地指出，“我们必须在这边主动打开虫洞，建立星门，他们才能过来。也许这是个陷阱。”

罗伯逊有些勉强地承认这一点：“的确，有这种可能性。但他们没有理由这么做。他们的技术可以利用银心黑洞的引力势能，光那个黑洞就有四百万个太阳的质量！我看不出他们对一颗普通恒星特别感兴趣的理由。”

“或许他们想研究宇宙中其他生命的构造，或者只是拿我们取乐呢？”

“这个……好吧，但是制造高维波收发机可不意味着建立星门，我的手机能用来和我母亲通话，并不意味着能把她整个人都传送过来。”

“但问题在于，是否外星人的技术如此先进，以至于他们可能通过一个小小的收发机就在那边做什么手脚，让自己能被传送过来？”

“我看不出这种可能性……”罗伯逊想了想说，“不过外星人的技术我们无法确凿断言。”

“所以，”总统总结说，“为了安全起见，联邦政府不能同意建造收发机，即使同意了，国会也不可能批准，你也看到了民众的反对态度。”

罗伯逊愤怒起来，为什么无论他怎么苦口婆心地解释，这些人都不明白真正重要的是什么？“这种顾虑几乎肯定是多余的！这是我们融入星系文明社会的绝佳机会！我们能够获得无尽的知识，探索宇宙最深的奥秘！”

“比起你的科学追求，我觉得人类的生存和发展更重要。”

“即便如此，如果我们能够得到外星文明的神级技术，地球上的一切问题，战争、饥荒、疫病、环境污染、金融危机……转瞬间就可能不复存在！”

“可是如果我们猜错了，地球和人类文明可能会被彻底毁灭。也许来自银河系中心的广播，就是一个巨大的陷阱。”

“不会错的。”罗伯逊说，“直觉告诉我他们的文明很友善。”

“您的直觉在此毫无意义。”总统冷冷地说。

罗伯逊眼看已经无法说服总统，绝望地摊了摊手：“总统先生，虽然我个人强烈支持和外星人建立联系，但是我尊重您和国会的决定。既然您不赞同，现在我只要求您把这个计划暂时搁置，但不要禁止相关的研究。也许将来大众会改变主意的，等到碰到什么灾难的时候，他们就会想起向外星人求助了。”

“不，”总统高深莫测地摇摇头，“我们必须立刻建造这台收发机，越快越好。”

“您……说什么？”罗伯逊以为自己听错了。

“教授，或许我不懂科学，但你不懂政治。”总统讥讽地一笑，“现在 SETI 发现外星人信号的消息已经传遍了全世界，而这个信号不是只有我们才能发现，中国、俄罗斯和印度都能接收到，或许他们的科学家已经开始破译这些密码了。”

罗伯逊仿佛明白了一些：“你是说他们的国家也许会批准建造收发机？”

“不是也许，是必然会。即使他们本身不愿意，也会怀疑其他国家是否建造了收发机，从而陷入无尽猜疑。即使我们能够和这些国家达成一致，还有伊朗呢？朝鲜呢？委内瑞拉呢？我敢打赌他们的独裁者为了打垮合众国不惜付出一切代价，而如果超级技术落到那些‘流氓’国家手里，那自由世界就彻底完了。”

“所以，”总统疲倦地靠在椅背上，仰天长叹，“我们必须立刻开始工作，而且为了国家的利益，我们还必须绕开国会和公众，秘密进行。罗伯逊教授，我现在正式任命你为‘接触’计划的总负责人。”

四

九年后，内华达州沙漠，地外文明与高维波研究中心。

曼斯菲尔德总统在四名特勤探员的簇拥下，走进了地下五百米深的中央控制室。通过四面强化玻璃可以看到，巨大的粒子同步加速器如同潜伏在地底的银色巨蟒，首尾相接，卧在面前的无底洞穴中，控制室中一面墙壁都是显示屏，上面不断变幻的图形和数据显示出目前各单元的情况极为良好，随时可以开始工作。

头发已然花白的罗伯逊教授上前迎接总统。九年来，总统秘密视察过好几次这个项目，数十亿不明来历的资金绕过政府和国会，源源不断地流向项目组。罗伯逊依稀听说，这是一些大财阀的资金，他们和政府有秘密协议，投资这个项目，如果得到超级技术，可以从中分得第一杯羹。罗伯逊不喜欢被这些人利用，他是为了全人类的福祉工作，不是为了这些大财阀，不过他也没有办法。

“总统先生，欢迎！现在可以开始了。”罗伯逊对总统说。

“真的要开始了吗？”总统来回踱了几步，望着四周的机器、屏幕和工作人员慨叹说，“这些年真不容易，我们好几次差点儿就被鼻子比狗还灵的新闻界发现了。上次竞选的时候反对党领袖甚至已经发现了蛛丝马迹，拿来要挟我们，还好他死于心脏病突发，否则我可能成为第一个被判刑的美国总统。”

总统换届对于“接触”计划是一个不小的麻烦，新任总统可能并不支持这个计划，或者在交接过程中不慎泄露出去。为此，曼斯菲尔德首先争取了连任，而在第二届任期将满的时候，又因为南美战争的爆发而仿效富兰克林·罗斯福之例，延长了一届任期，保证计划可以不受干扰地执行下去。

“但您最终获得了胜利，”罗伯逊恭维他说，“最好地捍卫了美国人及全人类的利益。”

“不过俄罗斯人和中国人差点儿赶在我们前头，后来印度也开始进行试验，连几个小国也想分一杯羹……还好，总算都解决了。”

罗伯逊大概知道白宫是怎么解决的，用巨大的经济利益劝诱中国放弃建造超级加速器的设想；资助俄罗斯反对派发动政变，让亲美派上台；挑动新的印巴冲突，让印度人自顾不暇；发动南美战争，入侵古巴和委内瑞拉；最后，用核弹摆平了朝鲜。

为了做到这一切，美国当然也付出了巨大的代价：全球金融危机再度爆发，失业率居高不下；数万士兵死于南美战争；首尔被朝鲜夷为平地；美国受到联合国的谴责，几个大城市遭到了恐怖分子的生化袭击，死者上万……这些事经常让罗伯逊感到不安，因为都是由建造高维波收发机引起的，但他安慰自己说，对于即将到来的伟大事业，这些只是暂时的问题，很快一切代价会得到报偿。

“我们的命运将在接下来的几小时内决定，”总统感叹，“或者我们将获得无与伦比的超级技术，走上幸福的康庄大道，或者奇形怪状的外星怪物出现在我们面前，将地球夷为平地。”

“我相信绝不会是后者，”罗伯逊说，“我们肯定不会生活在一个邪恶肮脏的宇宙里。”他咽下了后一句——他们总不会像你们这些政客一样肮脏，而是说，“总统先生，请您亲自迎接宇宙时代的到来吧！”

曼斯菲尔德走上操作台，郑重地向“开始”按钮按去——

“住手！”一声暴喝后，一支枪管指向了罗伯逊教授，“总统先生，你不能按下这个按钮！”

是保护总统的一名探员，手中拿着一把黝黑的SIGP229手枪，对准了罗伯逊的脑袋。其他探员反应极快，立刻掏出配枪对着他。

“大卫，你干什么？”总统说，“快放下枪！”

罗伯逊在片刻的震惊后，认出了那张因兴奋而扭曲的脸：“你是那年陪同过我的……库珀探员？”

“总统先生，”大卫·库珀面对总统，咬着牙说，“对不起，但是我不能让你亲手葬送地球。如果你按下按钮，我就会杀了这个疯子科学家，到时候就没有人知道怎么操作了。”

“冷静点儿，大卫，你忘记了你的职责吗？”

“当然没有忘记，”库珀说，“但是我对全人类的职责更加重大。”

“我就在为人类的利益而工作。”罗伯逊冷冷地说。

“不，你是要让那些外星人来占领我们，侵略我们！或者你早就被他们用高维波心灵控制了，或者你是一个蠢到家的书呆子！你真的相信那些外星人耗费天大的力气在银河系中心发射信号是为了白给我们好处？这么明显的陷阱你看不出来？”

“你是用人类的敌对思维去揣测比我们高级得多的文明，”罗伯逊说，“好像一只叼着老鼠的猫不愿让人靠近，以为人会和它夺食。”

“你这套废话我看得太多了，”库珀冷笑，“人类也许不需要和猫夺食，但是美国的动物收容所每年处死五百万只流浪猫，为了不让它们破坏人类的居住环境。也许在外星人看来，我们也是这样的麻烦。”

“别这样，大卫，”总统上前一步，站在了库珀和罗伯逊之间，“你的想法有一定道理。我本人对此也是有疑虑的，但很明显，如果我们不和外星人取得联系，其他国家也会抢在我们前面去做的，最后还是什么也改变不了。把枪给我吧，我可以担保你不受追究。”

“总统先生，别过来！你再过来我就开枪了！”库珀退了一步，歇斯底里地叫着。

“你不会的，大卫，”曼斯菲尔德自信地微笑着，“我知道你不是那种——”

砰！

一朵血花在总统胸口溅开，他带着错愕的表情倒在了血泊中。其他探员一拥而上，把库珀死死按倒在地上。硝烟味在空气中弥漫着。

罗伯逊不敢相信地看着这一切，他知道曼斯菲尔德的被刺意味着什么，这件事再也没法保密了，很快会曝光在全世界面前。如果现在停止，恐怕以后再也没有机会去进行，至少不会由他来做。

他扑向了那个按钮，死死按下——

五

一连串的绿灯先后亮起，电脑屏幕上图形开始变换，数据一行行涌现，高能粒子开始在上百千米长的真空管中被电场加速，直到接近光速，然后轰然对撞，获得创世级别的能量密度。

“愣着干什么？我们是科学家，立刻去工作！”罗伯逊对着周围或怔怔地看着、或交头接耳的几十个专家和助手吼道。看人们还没回过神来，他指着大屏幕说：“即将发生的事情，比已经发生的重要一百倍！如果你们不想让曼斯菲尔德总统白白牺牲的话，那就做好自己的工作！”

在他的提示下，人群中的不安平息下来，人们恢复了科学家的冷静头脑，有条不紊地投入操作之中。

“罗伯逊教授……”总统挣扎着对他说，鲜血正在从他胸口汩汩流出，“美国，不，地球的命运……就交给你了……”

“放心吧，总统先生，”罗伯逊郑重地说，“我保证不会有问题的。”

总统被抬走了，库珀也被五花大绑地押走。罗伯逊面对着加速器，焦急地等待着结果。

粒子对撞的高能反应后，探测器检测到了空间畸变，虫洞果然出现了，外星人没有骗我们，我们在宇宙的深层结构上钻了一个洞，罗伯逊想。他忽然紧张起来，以往的自信荡然无存，如果这一切都是错的怎么办？如果这个虫洞并非通向某个寰宇智慧网络，而是一颗恒星或黑洞内部，那么地球可能会彻底毁灭！天，如果那样的话，我就是最大的罪人——

但高维波已经溢出了虫洞，在接收器中变成了电磁波的形式，再由电脑破译其数据，转换成三维图像。气势磅礴的亿万星河出现在电脑屏幕上，但颜色极为古怪，有的红，有的紫，如同百花盛开，大概是因为对方所表达的不只是可见光，而可能是所有的能量输出。

无数星河旋转着，可以明显看到，在每个星系之间都有淡蓝色虚线的连接，罗伯逊知道那是高维波的连接，将整个宇宙的文明世界连成一体，那该是一个何等浩大的寰宇网络啊！

熟悉的银河系出现了，并迅速放大，在银河系内部也有大量蓝色虚线的连接构成网络状。在太阳系的大致方位上有一个复杂的符号闪动着，看上去有点儿像楔形文字，但是是三维的，罗伯逊大致猜出了对方的意思：你来自这里，对不对？

图像长久持续着，楔形文字不住闪动，仿佛在等待着什么回答。罗伯逊想了想，命令将太阳系的资料转换成高维波发送给对方，这是早就准备好的方案，很快完成了。他们发送了一张太阳和八大行星的示意图，其中地球上方标注了箭头，表明这里是智慧生命所在的地方。

回复几乎在瞬时出现了，屏幕上出现了太阳系的立体图，令人感到不可思议的是，图像基本依照天文的比例，太阳是一个极小的圆点，各大行星被广袤的空间分开，如同悬浮在黑暗中的微尘。而他们发送给对方的图案只是简单的示意图，只有大致尺寸，没有合比例的距离。

图像由远而近，掠过各行星的轨道，各行星数据一一显现，与人类的知识所差无几。

“那一定是根据八大行星的大小推算的，”罗伯逊感叹说，“他们显然通晓提丢斯－波得法则，而且比我们掌握得精深十倍，甚至推算出来原图上没有的小行星带和柯伊伯带的存在。”

图像聚焦在第三颗行星上，那是地球。地球上方出现了各种数据，包括组成地球的几种基本元素的比例，在场的地质专家告诉罗伯逊，和人类测定的数据误差大约只有2%左右。

“他们从太阳光谱和地球的大小位置推测出了50亿年前原始星云的成分和结构，”罗伯逊感叹着，“从而知道了不同位置上的元素比例，这个我们勉强也能做到，但是不可能那么精确。”

屏幕上的画面变了，出现了一堆复杂的分子图案，几十种不同的分子立体结构旋转着，罗伯逊并非专家，看不懂，但是在场的分子生物学家认出其中有几种是氨基酸和核酸的模型，另外几种可能是硅化合物，还有一些无法解锁。罗伯逊明白过来，这是询问地球生命的基本构造。

“向虫洞发送二十种基本氨基酸和四种碱基对的分子图式。”罗伯逊命令说，很快完成了。

但是图案没有变动，似乎发送的内容不符合对方要求，无法获取进一步信息。

“看来他们要更多的信息？也许他们想知道我们长什么样子的，那就发给他们人体图像。”

一男一女的裸体图像开始被发送，那是在“旅行者”号上就携带的图案。但仍然没有反应，图像继续转动着，不耐地等待着应答。

“他们究竟需要什么？”助手问。

“让我想想，”罗伯逊眉头紧锁，“氨基酸类型和人体外形……看来这些还不足以让他们知道我们究竟是什么。我想他们要知道的是，我们究竟是什么，发送完整的人类基因组吧！”

助手犹豫了一下：“教授，这可能会暴露出人类的某些弱点，也许外星人想知道这个，然后对付我们。”

“你想得太多了，也许这只是寰宇网络中的实名注册方式，以便其他文明更好地了解你，就跟在脸书上上传照片一样。”

“可是万一我们猜错了呢？”

罗伯逊教授迟疑了一下，然后说：“即使他们心怀恶意，如果他们能够从这个虫洞钻出来的话，人类就是由中子星物质构成的，也无法抵御；如果不能的话，发送什么都不要紧。无论怎么样，对我们没有损失，执行吧。”

人类基因组包含 30 亿个碱基对，远比之前的数据大好几个数量级，项目组事先也没有准备，不过在链接的数据库有储存。很快，海量的基因组数据源源不断地在发送器中变成高维波，发送到虫洞深处。

一个半小时后，发送完成了。

虫洞沉默了片刻，大约两秒钟后，源源不断的技术信息就从虫洞中涌了出来。

控制室内一片欢腾，罗伯逊和同事们激动相拥。

“全人类都会记得这一天，”他眼含热泪，默默地念道，“我们成功了，宇宙之门向我们开启了！”

六

一百七十七岁的罗伯逊站在繁花似锦的奥林匹斯山顶，望着天边的落日。一位漂亮的金发姑娘依偎在他身边。这是他的第六代孙女莎莉，比他小一百多岁，但看上去，两人都是十八岁的少男少女，毫无年龄差别。

如今太阳的赤道附近明显出现了一个深蓝的圆环，如同土星环一样奇幻瑰丽。那是一个戴森环，由上千亿个能量采集器组成，从太阳表面汲取无尽的能量，并通过无线传输，输送到整个太阳系的各个角落。

而这个环，是用了整颗水星和金星制造的。

太阳沉下去了，橙红色的西方天空上出现了第一颗星星。

“曾曾爷爷，那颗蓝色的星星是什么？”莎莉拉着罗伯逊的手，娇憨地问。

“那是地球，你祖先的地球……”罗伯逊出神地说，虽然已经进行过多次太空旅行，但每次从远方眺望地球，还是有着巨大的震撼。

又到了一年中火星的春季，奥林匹斯山上游人如织，许多人从各星球赶来，在太阳系最高的山峰上观赏美景。如今，火星、木星、土星的几颗卫星都经过了环境改造，建立了人口众多的殖民地，数十亿人生活在这些星球上。除了戴森环外，小行星带有规模巨大的采矿场，还有许多较小的太空站在海王星外轨道采集稀缺材料，供全太阳系的人类使用。地球解决了一切环境及资源问题，变得如花园般美丽。

全人类早已摆脱贫困与战乱，世界大同，国与国的界限不复存在，人们自由在各大行星间游历、学习、观光、恋爱……

“真美啊……”一个青年走到离他们不远的地方，赞叹着。

罗伯逊望向他，觉得有几分面熟，但又想不起是谁，不由多看了两眼。对方也看着他，犹疑地问：“你是……威廉·罗伯逊教授？”

“你是……库珀探员？”罗伯逊一听他的声音，就想了起来，不由退了一步。

库珀愣了一下，然后带着歉意地说：“不用担心，教授，我不会再伤害您的。事实上我一直想向您道歉。”

“你……怎么会在这里？”

“当年我犯下了大罪，”库珀沉痛地说，“杀害了曼斯菲尔德总统，被判处的刑期长达一百二十年，去年才出来，现在我在太阳系各处旅行，熟悉新的生活。没想到在这里遇到您。”

“是这样……”罗伯逊说，“不用叫我教授，我早就不做科研了。这次是来火星探望家人的，对了，这是我的玄孙女莎莉。”

“教授，”库珀却仍然这么称呼，“我说过，我欠您一个道歉，真的很对不起。”

“算了，都过去了，”罗伯逊摆摆手说，“这是个意外，你当时也是为了你的理念才动手的。”

“可是我错了，这一百二十年来，我一直在忏悔。”

“我想曼斯菲尔德总统的在天之灵会宽恕你的。”

“至少希望您能宽恕我，教授。我曾经怀疑过您的话，但是这一百多年来，特别是我出狱后看到的一切，都证明了您是正确的，您的工作带给了人类以无限幸福和繁荣的未来，您让人类永久生活在了天堂里。”

“不是我，是超级文明的资料带来的。”罗伯逊说，脸色变得有些奇怪。

“是的，我后来在报纸上都看到了，您的看法是正确的。外星人是友善的，在那些资料里有我们难以想象的超级技术，一个公式就可以解决一大堆技术问题。”

“但除了那，什么也没有了。”罗伯逊说，望着天穹上初现的繁星，脸上出现了深深的、真正属于一个百岁老人的悲哀，“持续了二十七秒的交流，然后什么都没有了。”

他仿佛又回到了一百二十一年前的那个深夜，信息传递维持了二十七秒钟，然后陷入长久的沉寂，只有沙沙的背景噪声。欢呼的人们停止下来，面上出现了困惑的表情。大概是虫洞坍缩了，当时他想。

但无论如何，这一天的发现已经是伟大的成就，他们兴奋了好多天，分析和验证接收的信息。等到想再次连接寰宇网络的时候，却发现再也无法生成新的虫洞了。

“我们得到了先进技术，”罗伯逊苦笑着摇头，“但只是其中最粗浅的一层，可控核聚变、行星际航行、戴森环、行星表面改造、基因优化、返老还童……这些算什么？最多相当于教一个茹毛饮血的野人学会用弓箭和篝火。

“那些超级文明有着不可思议的力量，他们才是宇宙真正的主人。我们本来可以像他们那样，打开星门，纯能量化，也许能在一秒钟内出现在银河系的中央，也许能移动恒星就像弹玻璃球，也许能进行时间旅行，也许能创造新的宇宙……但这些什么都没有了，信号被屏蔽了，永远。”

美国后来又进行了多次试验，其他国家也建造了粒子加速器和信号收发机，但再也无法制造出虫洞，高维波的寰宇网络对人类关闭了。即使五十年后在冥王星上建造的超级加速器也是一样，整个太阳系内，或许更大范围内都无法接收到任何高维波信息。

“可我不明白，他们为什么要这么做？”库珀问，“为什么中断和我们的交流呢？”

“这个问题，我想了一百多年，”罗伯逊凝视着天边的地球说，“我想我猜到了答案。

“那些超级文明，它们在瞬间就从我们的基因组信息中建立了人类的数字模型，从而知道了我们的一切，至少是一切本质性的东西。我们的生理结构、欲望和冲动、基本心理模式，也许还有很多文化形

态的内容。”

“这怎么可能呢？很多都是后天形成的！”

“先天对后天的作用远比人们想象得要大，绝大多数伦理观念都源于先天遗传。再说，最微小的事物都蕴含着海量信息，只要你有相关知识就能够分析出结果。以他们对万物无与伦比的认识，毫无疑问可以从人的大脑结构中推出人类的基本政治经济制度、婚姻家庭关系，甚至宗教和军事形态。”

“然后呢？”

“很简单，”罗伯逊说，“他们知道了我们的一切，并判断我们没有资格加入寰宇文明网络，所以他们拒绝了我们加入的请求，屏蔽了高维波。”

“为什么没有资格？我们回应了他们！”库珀愤愤地问。

“一只猴子有时也可以回应人的召唤，这不代表猴子能够进入人类社会。”罗伯逊冷冷地说，“也许他们判断出，我们的智力水平永远无法具备进入寰宇文明网络的资格，也许他们厌恶我们人性中的种种疯狂和愚蠢。”

“可是……那他们为什么又和我们交流了片刻，提供给我们这么多先进技术呢？”

莎莉插口说：“因为我们也提交给他们很多信息，这大概是一种报答吧？或许是一种平衡。”库珀不由点了点头，这个解释说得通。

“恐怕不是这么简单，”罗伯逊悲凉地摇头说，“库珀探员，我想我们都错了，外星人没有你想象得那么邪恶，但也没有我认为的那么善良。

“如果地球技术落后，发展不平衡的话，我们会遇到一个又一个的危机，金融危机、环境崩溃、大国战争……地球可能会完蛋，人类可能会飞向宇宙去寻找希望，去其他的星球，在大宇宙中散播开来，这些可能给他们带来一些麻烦。但现在他们提供给我们的是可以使用到太阳熄灭之后的技术，让我们永远在太阳系舒舒服服地生存下去，人类就没有动力去探索宇宙了，自然也就不会骚扰他们。”

“但人类现在仍然可以进行科学探索啊！你们不是知道了高维波的秘密吗？他们还提供给人类那么多知识！”

“他们提供的知识都是经过精心选择的，我们无法从中得到任何宇宙深层结构的知识。同时他们在我们所能到达的一切范围内破坏了微观维度的通道，任何进一步的探索都会遇到无可逾越的技术障碍。他们肯定屏蔽了整个太阳系，也许还包括周围的恒星，范围可能有几光年，要设法打开星门，唯一的方法是去别的星系，但我们的飞船最快也只能达到 10% 的光速，去最近的恒星来回也要八十年。而且即使我们获得这种技术，能够在外星系打开星门，对地球也没有意义，除非我们把整个地球都移动到外星系去。我们没这样的技术，更没这样的决心。”

“但如果我们愿意，还是可以设法进行探索的。”

“人类已经不想了，他们对我们的判断完全准确，他们从一开始就预测到了提供那些先进技术的后果。我们得到了技术，就再也没有动力去发展星际航行。既然现在过得很好，又为什么要去寻找那些虚无缥缈的东西？很可能千辛万苦到了外星系，也一样被屏蔽，再说就算能再度接收到高维波，如果触怒那些神级文明，他们难道不会让我们化为齑粉？为什么要自讨苦吃？”

“这……也挺有道理的嘛。”库珀说。

“大家都这么觉得，不是吗？现在太阳系政府已经开始在地球深处建造超级电脑，准备进行意识上传了，他们说可以在虚拟世界中建立绝对理想的世界，嘿嘿，绝对理想！第一次接触也就是最后一次接触，宇宙的广阔天地和深邃奥秘，已经永永远远地对人类关闭了。”

库珀困惑地想了一会儿，然后耸了耸肩：“管他呢，如果人类根本就不是这块料，只要全人类获得安定和幸福，也就够了。不管怎么说，我觉得你做了一件好事。”

“我也是这么认为的，”莎莉赞同说，“曾曾爷爷，我不清楚你们时代的想法，但从我们这一代人来看，人类的繁荣幸福才是最重要的，而不是虚无缥缈的探索宇宙。现在这样，也挺好的。”

罗伯逊怆然不语，转身面向火星夜空中初升的银河，他知道，三万光年外的银心某处仍然在以恒星功率向整个银河系内输出广播，在每个恒星系内都有这样的广播，召唤着适合加入寰宇网络的候选者。在整个宇宙的范围内，正在有许多文明接收着广播，而有更多的文明曾经听到过，并和地球一样建立了高维波接收装置，但最后却被无情地淘汰，在从天而降的先进技术中丧失了进取意志，在自己的世界里自生自灭，再也没有对宇宙探索的兴趣……

银河退向不可及的远方，宇宙浩渺而又冷漠。罗伯逊的嘴角泛起一丝苦笑，泪水湿润了他的眼眶，他听到自己喃喃地说：“是啊，也挺好的。”

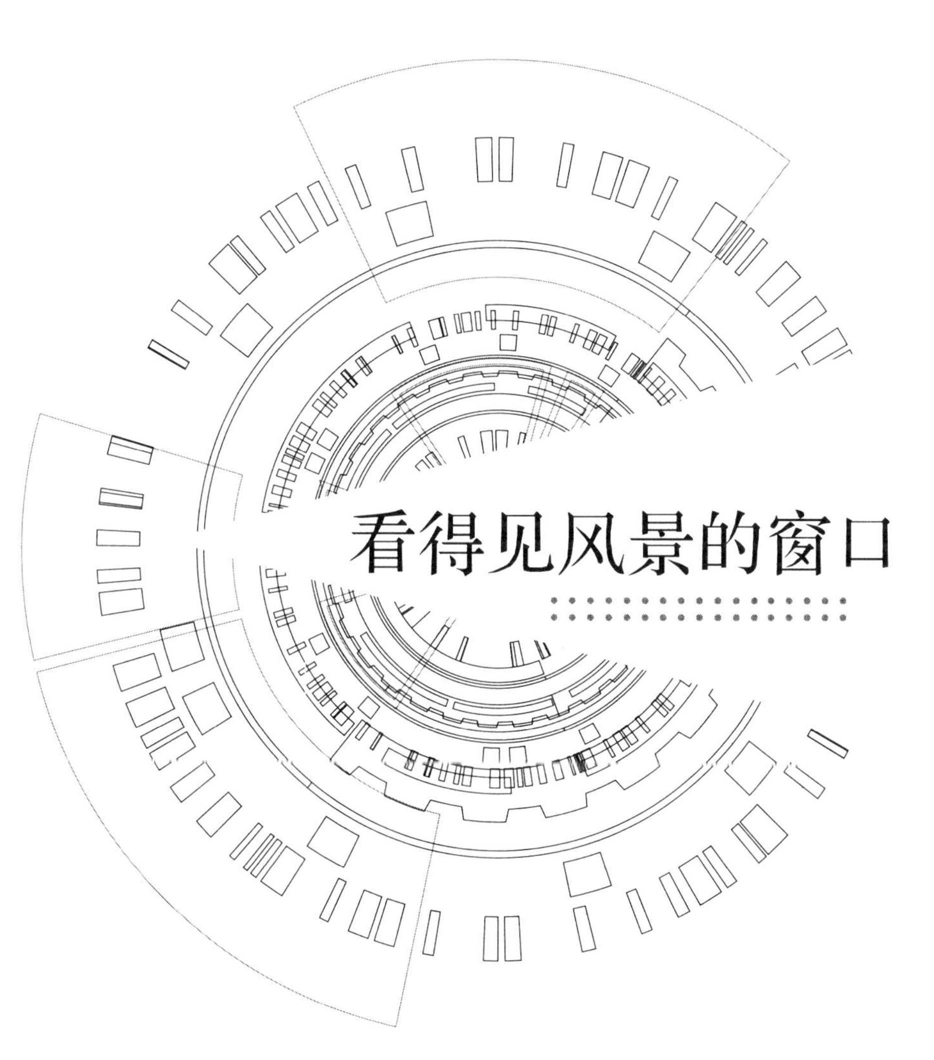

看得见风景的窗口

一

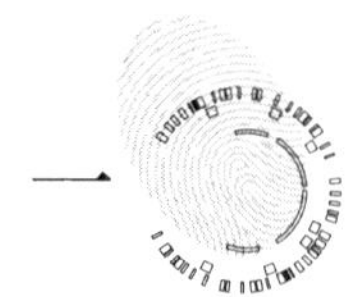

十岁那年的除夕，爷爷送给我一扇窗。

那个冬天，我被沉渣复起的新冠病毒感染，又转化为轻度心肌炎，在家里从十二月躺到了一月，别说上学，连门都出不了。在这个北方小城，冬天的窗外除了冰凌就是雪花。每天看着一片死寂的白色，心情要多糟就有多糟。

大年三十下午，天上又飘起了雪花，小城街头多了些提着大包小包回家过年的行人。我在窗口张望了很久，看到一个精瘦的老人向这边走来，手里还捧着一个看起来比他整个人还要大的盒子。我开心地蹦起来，赶紧出去告诉爸妈，爷爷到了。

“宇宙窗！真的是宇宙窗呀！”等到爷爷进了门，我端详着那大盒子，兴奋地叫了起来。这正是我前几天打电话跟他要的礼物。

“你消停点儿，病还没有好呢！”爸爸呵斥，又对爷爷说，“爸，你怎么给孩子买这个？这……总也得一万多元吧？”

“一万多元？”爷爷笑着说，“这可是最高档的行星窗，原价四万元，打完折三万六千元！”

“那么贵！也没实际用处，退了吧……”爸爸说，妈妈也附和。

“不要！”我扑上去，死死抱住了盒子，凭谁也拽不开。

爷爷忙说：“文文放心！咱不听他们的，现在就装你房里去，走！”

我这才破涕为笑。

宇宙窗看起来是一个大约一米长、半米宽、十厘米厚的屏幕，有自动安装功能，我让爷爷把它贴在窗边的墙上，调整好位置，宇宙窗的四角就伸展出自动钻头，嵌进墙里。漆黑的屏幕开始亮起，显示正在进行虫洞连接，不过需要耗费七八个小时，现在是下午五点，只有到大年初一，我才能看到窗子另一边的风景。

孩提的我并不清楚宇宙窗究竟是什么，只知道这是一个神奇的窗口，能够打开一个什么“虫洞”，让人看见宇宙深处的某个角落，这几年正风靡世界。班上好几个同学家里都有了宇宙窗，有的能看到被棒棒糖般的星系点缀的灿烂星空，有的能欣赏多层绚丽光环的行星，还有的能观看三颗恒星沿着复杂轨道相互绕转的炫舞……

但最贵的是行星窗，它能直接看到某颗星球表面的风景。段晓美家就有一扇行星窗，面对着一片会在阳光和星光下变出好几种颜色的荧光沙漠，神奇极了。可惜，班上只有几个跟班被“恩准”去她家观赏，回来的人都大吹特吹。

我一直想拥有一扇行星窗，如今终于实现了！不过，宇宙窗和虫洞的连接有“量子不确定性”，我大致明白意思，比如行星窗能够通过“引力场”的什么特征找到某个行星表面，但具体是哪颗行星是无法确定的，理论上全宇宙任何一颗行星都可能，而一旦“坍缩”到某个地方，就无法再改变。我急着想知道，它究竟会通往宇宙的哪个角落，能看到怎样的风景？如果真能看到一个神奇的星球，比如赛博坦啊、三体星啊，谁还稀罕段晓美的那个破沙漠，同学们还不纷纷讨好我，想到我家里来玩呀！

那天晚上，连吃年夜饭和看春晚，我都没什么心思，过个十来分钟就要跑回房间看看宇宙窗激活的进度条到哪里了。今年春晚的压轴戏，是月球分会场表演在月面飞舞跳跃的杂技，据说精彩极了。但我想，很快就可以看到几万光年外的另一颗行星了，月球又算什么呢？

大人们对此也有点儿兴趣，讨论了好几种可能性，比如也许是在云雾中悬浮的山峰，也许是明亮如镜的水银湖泊，也许是怪兽出没的丛林……最后爷爷说：“也许会看到另外一个地球，里面有另外一个文文呢，那该多神奇哇！”

我不乐意了:“什么呀,那还不如买面镜子呢。”大家都哈哈笑了起来。

十二点的钟声敲响了，外头爆竹炮仗响成一片，可我已经眼皮打架,爸爸让我先去睡,但我不想去,只有不到二十分钟了,我不想错过。

《难忘今宵》的歌声响起时，宇宙窗终于建立起和虫洞的稳定连接。对面的电磁波开始传来,视窗中发出刺眼的白光,我不顾眼睛酸痛,睁大双眼，看着那个逐渐在光影中显形的世界——

上上下下一片纯白。好不容易才看出具体细节，近处的地面上堆积着熟悉的洁白晶莹的物质，远近有银白色的碎屑飞舞着，掠过窗外。再远处，大概也就七八米外，就是一片茫茫冻雾，目光无法穿透。不过大体上和另一扇窗外常见的飞雪，也没有多大区别。

“搞了半天，原来也是一片冰天雪地呀……”爸爸说。

“讨厌！我不要！”我气恼地喊了一声，像是一头冰水浇下来，倒在床上，不想动弹了。

二

宇宙窗的 AI 告诉我，那是一个非常非常遥远的世界，压根儿不在银河系里。它和地球的距离要以百亿光年为单位来衡量。即便用人类最强大的望远镜也不可能看到它所在的星系：因为宇宙的膨胀，我们两个星系之间彼此远离的速度已超过光速。

但对我来讲，宇宙的另一边也不过是和自家窗外差不多的鬼地方。如果说有什么区别，就是这边毕竟还有生命和文明，那边除了漫天飞雪一无所有。我无法想象，如果请同学到家里来看这扇无趣的宇宙窗，他们会笑得多大声。

我等了好几天，从大年初一到正月十五，那边的风雪就一直没停过。家里人也没兴趣看了，只有爷爷尝试给我一点儿安慰。他陪我看了好几天一成不变的宇宙窗，告诉我风雪不是这个世界的全部，也许下面就有很多植物，也许还有冬眠的小动物，也许等夏天到来，这里会是一片生机勃勃的草场，天上飞着老鹰，地下跑着兔子……爷爷想不出什么外星球的景象，完全是照他年轻时候在草原上插队的情景说的，又说起一些当年跑马打猎的趣事，绘声绘色。

可惜那时候我也不怎么想听。我经常粗暴地打断他，说他根本不懂得外星球的样子，他的草原也没有什么稀罕的。爷爷有时候也会不高兴，说你这小屁孩什么都不懂，但过了一会儿又会笑嘻嘻地来哄我，陪我玩游戏……那时候我压根儿不懂得珍惜，不知道似乎永远会陪伴在你身边的人，其实随时都会消失不见。

春节还没过完，爷爷就回老家了，临走还摸着我的脑袋，嘱咐爸妈一定要养好我的身体，那是我最后一次见他——他在路上感染了病毒，回家后就病倒了，半个月后死于肺炎。

那时我身体还没有好，也没有回去参加他的葬礼，甚至很长时间都没有哭过。有一次，我偷听到爸爸对妈妈说，文文这孩子没心没肺，爷爷对他那么好，他都不哭；妈妈说，不是的，他很爱爷爷，只是还不理解生死的意义。我听得一片茫然，我不知道，自己到底爱不爱爷爷。

宇宙窗总是让我想起爷爷，我关掉了它，不想再看它了。它变成

了一片黑暗，虽然实际上虫洞连接仍在，但不再会显示出来。

开学后，我回到了学校。我没有告诉别人我有一扇只能看到漫天风雪的宇宙窗，这会给人笑话的。实际上，不需要那玩意我已经在被人笑话了。上学期我的功课落下了太多，成绩一落千丈，而且大病初愈，不能进行剧烈运动，跑步踢球都不行，这更让我成了被男生鄙视、女生冷眼的对象。开始有人当我面说怪话，或者模仿我病恹恹的模样取乐。我不知所措，只能像鸵鸟把头埋进沙里一样装没看到。但这只让他们更变本加厉。

班主任知道我身体不好，很体恤我，许我免除课后劳动，还在放学后给我补课，但他不知道，这只能让我更招恨。有一天我补完课，去上厕所，听到外面有响动和嗤笑声，我感觉不妙，一推门，发现门已经从外头被东西卡住了，怎么推也推不开。

“谁呀？放我出去！快放我出去呀！”我不断叫着，却没人搭理。眼看时间越来越晚，我也越来越着急，我怕自己一直困在这里，回不了家，更怕爸妈找来学校，知道我是个让人欺负的脓包。我哭了出来。

不知过了多久，终于有人走进厕所，帮我打开了门。我擦了擦眼泪，看到门外站着一个目光炯炯的短发女孩，应该是隔壁班的同学，我不认识。

“你怎么了？是谁把你关起来的？”她奇怪地问。

我没有说话，拎着书包低头跑了出去。女孩在后面叫了两声，我都没理，我只想快点儿逃离这里。

我回到家，钻进卧室，关上门，还觉得不够。我不想上学了，不想留在这个城市，甚至不想再留在这个世界。我鬼使神差地又打开了宇宙窗，纵然那里只有冰雪，我也想逃到那里去，让无边风雪将我埋葬……

但已经不是了。

不知何时起，雪已经停了，窗外正当深夜，天上是璀璨的星空，还有明亮而陌生的银河，熠熠星光照在冰雪大地上。这片风景看上去美丽极了。更难得的是，地面也出现了生机，一种两条腿的白色小动物，毛茸茸的有点儿像刚生下不久的小鸡，有好几十只，不知什么时候冒出来，正在松软的雪地里扑腾嬉戏，啄食着某种植物……

忽然，我想起爷爷的话。几个月前，就在这里，爷爷告诉我，这个世界不会永远是风雪交加，下面隐藏着无尽的生机。我想告诉爷爷这个消息，但……霎时间，泪水又涌出了我的眼眶，我哭了起来，越哭越是伤心。我哭了整整一晚上，无论爸爸妈妈怎么询问，我都没有说自己为什么要哭。

但我心里知道，这并不是因为被霸凌，而是因为把这片风景带给我、却再也无法亲眼看到它的爷爷。

三

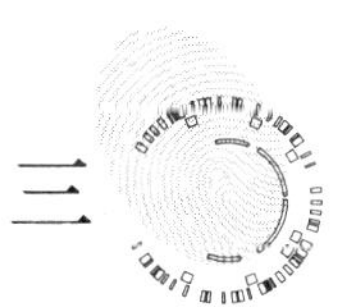

一团糟糕中，我的生活总算有了一点儿新的意义。我开始好奇地观察着这些“小鸡”的生活。实际上它们也并不很像鸡，虽然长着厚厚的羽毛，有小小的翅膀，但也生着长尾巴和锋利的牙齿，说来有点像科幻电影里的小恐龙。我怀疑它们是从雪地下埋藏的一窝蛋里孵出来的，但天寒地冻，怎么会孵出这样的动物，它们的父母又在哪里，只有天晓得。我想了一晚上，给这些小家伙们起了一个威风的名字，叫作“雪鹰狮”。至于这颗星球，我就叫它雪星。

幸运的是，小雪鹰狮就住在距离虫洞不远的某个地底洞穴里，虽然我看不到洞里的情景，但可以看到它们时常进进出出，以及在洞口附近的活动。它们主要吃雪地里的一种银白色植物，我叫它雪莲花。但数量也不多，因为我经常看到它们为了食物打架，打得羽毛纷飞，蓝色的鲜血淋漓。生存竞争是残酷的，本来雪鹰狮的幼崽约有二三十只，两周后就只剩下十只左右了。

其中有一只引起了我的特别关注，每次它都争不过别的兄弟姊妹，找到一点儿吃的也常会被人抢走，身上的羽毛被啄掉了不少，所以很好认。大部分时候，它都委委屈屈地远离大家，宇宙窗的前面有个断坡，下面是一个相对隐蔽的低地，我经常看到它在这里徘徊，有时候仿佛在可怜兮兮地望着我。这小家伙的孤独无依触动了我，我给它起了一个名字，叫作“雪灵”。

现在想来，我是把自己代入到雪灵的身上了吧，我怕它哪天就死掉了，恨不能跨过宇宙窗，帮助它去打败那些欺负它的坏同伴。但我也做不了任何事。宇宙窗开启的虫洞只能让一小部分微弱的电磁波穿过，再通过特殊装置放大成肉眼可见的景象。除了观看，我根本不可能抵达那个几乎无限遥远的星球上，或以任何方式影响它们。

有一天晚上，我见到雪灵好不容易从深雪里找到了一束雪莲花，正在吃的时候，另一头我起名叫“雪霸”的雪鹰狮扑上来，和它争夺。雪霸生得高大健壮，很快就赶走了雪灵，扬扬得意地享受着抢来的美餐。雪灵只有在一边看着。我真的好恨，想冲过去，把雪霸给一脚踢开……

忽然间，雪灵张嘴，似乎发出奶声奶气地吼叫——我听不到声音，但仿佛能感到。它耸起肩膀，爆发出一股力量，像箭一样射出去，咬住了雪霸的脖子，又压在它身上。雪霸吓了一跳，竭力翻滚，想把身上的雪灵甩掉。但它怎么都不松口，两个小家伙打成一团。我很揪心，祈祷雪灵能打赢。大约一分钟后，雪霸放弃了挣扎，被雪灵压在身下不再动弹。雪灵这才松开它，雪霸立刻夹着尾巴逃走了，不敢再招惹发狂的同伴。其实雪灵也受伤不轻，脖子上留下了明显的血痕，但它抬头，发出宣示胜利的吼声，然后才大口大口啃起了雪莲花……

我看得热泪盈眶。

第二天上学的时候，我在座位上坐下，立刻感觉不对，用手一摸，发现椅子上都是糨糊，把我整条裤子都毁了。周围的一群男女生哄笑起来。笑得最响亮的，是一个绰号叫大胖的同学，一边笑还一边指着我说："快看这个大傻——"

我没等他说出最后一个脏字，就扑上去，和他扭打起来。大胖力气大，还有人拉偏架，我根本打不过他，转眼被推到墙角，挨了好几下拳脚，火辣辣地疼，但我抱住他，一口咬住了他的耳朵，怎么也不松口。周围的人群退后了，大胖叫着，骂着，打着，却无法摆脱我。

等到老师赶到，我还趴在大胖的身上，咬着他流血的耳朵。老师抓住我，把我们分开，我喉咙里发出野兽般的咆哮，大胖连滚带爬钻到一张桌子下面，哭声响亮得简直可以传到另一个星系。

不用说，我被狠狠责罚了一顿。我无法证明是大胖在我椅子上涂的糨糊，实际上也可能不是。总归错在我这边多一些。爸妈赔了大胖家几千元医药费，回家又把我数落了一番。

但不知怎么，我被霸凌的问题解决了。很长一段时间内，同学们都躲着我，没有人再敢欺负我了。

四

雪星的昼夜交替很慢，要花差不多整整一周时间，季节变化更是漫长无涯，即便到了地球上的夏天，那边仍然是冰雪覆盖，毫无消融的迹象。

但是雪鹰狮们在这样的环境下还是逐渐长大了。很快从小鸡变成大鸡，更变成山猫般大小。它们开始捕食其他动物，进行群体狩猎。

大部分狩猎发生在我无法观察到的地方，我只是偶然在宇宙窗中目睹了一两次它们在视野内的狩猎过程。就我所看到的而言，它们最主要的狩猎对象是一种大型两足动物，看起来比鸵鸟还要大，我起名叫雪象鸟。狩猎时，它们的配合非常巧妙。比如一只雪鹰狮会跳到雪象鸟的背上，雪象鸟会尝试把它甩下来，在搏斗过程中，其他的雪鹰狮会趁机去袭击它的腿脚，试图让它摔倒。雪象鸟会尝试踩和啄脚下的雪鹰狮，但背上的同伴又会让它分散注意力……这样几个回合，就可以干掉一只庞然大物，够雪鹰狮们吃上半个月。

但雪灵处境尴尬。虽然战胜了雪霸，但它一直未能加入其他雪鹰狮的团体里，只能单打独斗。如此，要捕猎雪象鸟这样的大动物就是不可能的，只能继续啃植物和小虫子。但雪灵并未认命，而是斗志昂扬，我有两次看到它单独挑战雪象鸟，扑咬不了几下就被大鸟追得落荒而逃，险象环生，看得我心焦不已。

“唉，你别跟它硬来，你那么小打不过它的，挖个陷阱！让它爬不出来！”我随口瞎支着儿。当然，雪灵根本听不见也听不懂。

但过了几天，出现了神奇的一幕。我正在做作业，忽然看到雪灵在窗外的远处出现，向窗口方向疾跑过来，嘴里还叼着一枚很大的蛋，后面跟着一头巨大的雪象鸟，它张开翅膀，张嘴大叫，感觉十分愤怒。我哑然失笑，这小家伙显然是偷蛋的时候被发现了。好在只要钻到洞里就没事了。

但雪灵并没有往洞里钻，而是绕过洞口，继续往前跑。前方十几米处是那个雪灵活动的断坡，有些积雪掩盖，不容易看清楚，但我在宇宙窗中观看了那么久，对这些地貌已经十分熟悉了。雪灵当然更熟悉，它轻松地跳了下来，快步跑到一边。

然而雪象鸟就没这么幸运了，这倒霉蛋完全不熟悉地形，一脚踩空，摔在地下。还没爬起来，雪灵却杀了个回马枪，从旁冲上来袭击，在它腿上狠狠咬了一口。雪象鸟双足乱蹬，但雪灵已经远远躲开。

雪象鸟终于挣扎爬了起来，腿上却已经受了不轻的伤，蓝色的鲜血流到白雪上，动作也慢了下来。它再也无心缠斗，一瘸一拐地想要离开，但雪灵不紧不慢跟在后面，过一会儿去骚扰一下，在它身上留下一道新的伤口。雪象鸟试图反击，又追不上它，越发血流不止，终于在几百米外支撑不住倒下了。

“干得漂亮呀，雪灵！”我禁不住叫道。

雪灵转身，振动翅膀，发出胜利的鸣叫。我感觉，雪灵仿佛能听到我说话。要不然，为什么我让它布一个陷阱，它就利用了一个天然的陷阱呢？当然这也不可能，即便出现奇迹，让雪灵听到我的喊声，它也不可能听懂中国话！但我还是禁不住这样去想象，这样一来，好像在几百亿光年之外，我就有一个朋友了。一个只属于我的朋友。

所以，我一直没有告诉别人自己有一扇能看到外星生物的宇宙窗，虽然这肯定会让很多同学羡慕和讨好我，但我已经不想和别人分享我的雪星。跟大胖打架事件后，没有人再跟我玩儿，我也习惯了孤独。我喜欢沉浸在和宇宙彼端的朋友的独处中，没有其他人可以打扰。这给我以慰藉和力量。

我始终无法证明，雪灵和我有过任何真正的交流。但它的确经常逗留在宇宙窗周围，独自玩耍或者觅食，有时候好奇的目光也会从我身上掠过。虫洞在那边应该只是一个肉眼看不见的微观孔洞。但也许，它那敏锐的视力能够看到一点异乎寻常的闪光？它能够猜出那是另一个世界的入口？在宇宙尽头，某个落魄少年也在观察着它？这不可能，我想，这不过是我自己孤独的想象而已。

又过了两年，我才知道，严格意义上，雪星不能说是只属于我的。根据国家规定，宇宙窗中收集的所有电磁波，在被我看到的时候，也会被同步传到北京的一个研究中心，用于对宇宙和生命的研究。研究成果可以在网上查阅，只要把宇宙窗的编号输入到查询栏里，就可以阅览其所看到的宇宙区域的研究现状。

我查到，因为发现了生命，雪星被列为重要性四级的研究对象，不过同类的研究对象有几十万之多。毕竟世界上已有好几亿个宇宙窗，数量还在不断增加，发现生命的不计其数。像段晓美家的变色沙漠也是一种生命形式，而且属于三级重要对象，因为那是一种奇异的硅基生命，研究价值要高得多，这种对象有几千个；二级对象是文明遗迹或者具有原始智慧的种族，也有几百个之多；至于一级对象就是现存的文明种族了，这种目前只发现了几个，人类正在研究和他们沟通的方式，但非常困难。像雪星这样只有平平无奇的低端碳基生命的星球，目前引不起科学家研究的兴趣。他们只是做了一下基本描述归类，顺便给雪鹰狮起了个难听的名字“鸡鼬兽”，就束之高阁。

所以，基本上来说，雪星仍然是我一个人的。直到有一天，另一个人闯入了这个世界。

五

初中开学那天，我在新同学中看到一个熟悉的身影：那个前两年把我从厕所里解救出来的女孩。

其实那天后，我也渐渐开始关注她，知道了她的名字：沈南星。我只是从来鼓不起勇气和她说话，更不用说道谢了。每当我想到她，就想到那次尴尬的场面，又羞又窘。但想不到，我们初中竟然分在一个班上。然而一整年过去，我和她也没说过几句话。

改变一切的事件发生在初二那年的春节，大年初三，父母去邻县亲戚家拜年，把我留在家里，于是我去超市买点儿东西，忽然在货架间撞见一个短发少女，身上背着一个大大的双肩包，竟然是沈南星。四目相对，我只好和她打了个招呼，说了些新年快乐之类的套话，沈南星礼貌地回应了几句，我看她手上拿着一个猫罐头，问她："你家里养猫吗？"

沈南星说："对，这是灵灵最喜欢吃的猫罐头。"

我听这名字和雪灵有一点儿像，就问了几句她家猫咪的情况。沈南星略答了几句，不知怎么，眼眶红了，里面竟似有泪光在闪亮，她慌忙擦去。我傻头傻脑地问："你怎么了？"

沈南星没有回答，我也不敢问了，正要告辞，沈南星忽然问我："你想看灵灵吗？"

我点点头，还以为沈南星要邀请我去她家，但沈南星却把我拉到角落，打开背包，露出一只小猫的头，我有点儿惊喜，但仔细看去，却又大吃一惊：小猫身体僵硬，竟然已经死了。

沈南星黯然说：“前几天它跑出去玩儿，怎么找也找不到，冬天这么冷，等找到的时候已经冻僵了……”

沈南星告诉我，她想要在附近找一块好地方，埋葬灵灵，买这个猫罐头就是给它陪葬的。听起来有些滑稽，但我却被打动了。

“现在泥土冻得很硬，不好挖的，我家有把铁锹，我拿来帮你吧！”我说。

沈南星小声说：“谢谢。”

我们在城郊找了块地方，埋葬了灵灵，的确冻土很难挖，累得我满头大汗。沈南星过意不去，请我喝了一杯奶茶。我们聊起来，我忍不住告诉她，我也有一个和灵灵有点儿像的“动物朋友”，有几次也差点儿死掉，但现在活得很好。

“是什么动物呀？”沈南星好奇问我，“你怎么说得含含糊糊的，是鸟吗？还是貂？”

“你跟我来吧，”我做出了决定，“我带你看，但你要保密！”

二十分钟后，我们站在了我的房间里，面对着通向百亿光年外的那扇宇宙窗。这时候正当日出——但雪星的日出也有半天时间——雪原在玫瑰色晨曦的照耀下，蒙上了一层暖意，但看不到雪鹰狮们。

我叫：“雪灵！雪灵！”但声音传不过去，当然不可能召唤它出来。果然叫了半天，一只雪鹰狮也不见踪影。

这里看起来就是一片普普通通的雪地，我有些尴尬，但沈南星却很感兴趣，仔细看了很久，发现了雪莲花等一些动植物，还问了我许多关于雪鹰狮和雪象鸟的问题。

我们越聊越投入，我告诉她这片雪原在不同时段的美丽和苍凉，告诉她上面的各种生物的奇妙之处，告诉她雪鹰狮在这片雪原上生活的艰辛与智慧；我也告诉她宇宙窗的来历，告诉她我爷爷的故事，我还自嘲地说起那年我被人霸凌，说起她曾经解救我而我不敢跟她道谢的事……

沈南星也告诉我，她家也有宇宙窗，但是看不到任何生命，一点儿意思也没有；说她父母天天吵架，嚷着要离婚，谁也不关心她，只有灵灵陪伴她；又说她其实早就知道我，说小学里曾流传着关于我的传说，说我是狼人，把别人的一只耳朵吃掉了……说到这里，我们忍不住都笑了起来。

这时候，沈南星忽然指着宇宙窗说："黎文，你看！"

我回过头，看到不知何时，雪鹰狮们三三两两地出现了。特别是雪灵，就在宇宙窗前几米处，偏着头，好奇地看着我们——至少看上去像是看着我们——然后在宇宙窗前兴奋地兜起了圈子，张开翅膀，蹦蹦跳跳，仿佛在为新朋友献舞。

"哇，这真是我见过的最美的宇宙窗了。"

来自宇宙另一头的阳光照亮了沈南星笑盈盈的面庞，在那一刻，我清楚地知道，自己喜欢上了她。

六

生命到了一定阶段，就会有与喜欢的他者结合的冲动。对人来说是这样，对雪鹰狮来说也是这样。

不知从什么时候起，雪原的积雪进一步融化了，部分地方露出了白色的岩石和黑色的土壤。一些蓝紫色的菌菇样的植物开始茂盛生长，各种新生的小动物也多了不少。

雪鹰狮们雪白的羽毛也脱落了，换成了更明亮绚丽的毛色，粉金翠银，争奇斗艳。它们也开始求偶，一只在另一只面前跳舞、鸣叫、展示羽毛，如果两情相悦，就依偎在一起……但这种动物应该是一夫一妻制，因为只要两只雪鹰狮在一起，就会形影不离，很难拆开另行搭配。

这种求偶活动像雪星的夏季一样漫长，陆续进行了好几年，可我的雪灵，可怜的雪灵，却孤独依旧，并没有找到意中人。的确，我曾经见到它在好几只雪鹰狮面前舞蹈和歌唱，晃动华美的尾翎，但它们都没看中它。和它接近一阵后，就离开它，另寻新欢去了。尽管它是一个聪明有力的猎手，一个羽毛漂亮的小伙子（我斗胆把它和我算成同一性别），却没有同类爱它。

从春到夏，沈南星来我家看过好几次雪鹰狮，我们经常并肩站在宇宙窗之前，沉醉于另一个星球上生命的神奇与繁盛，一看就是一个下午。但有一次我送沈南星出门被同学撞见，第二天班上就开始传我们的谣言，两家的父母也紧张地敲打我们，后来，沈南星就没有再来过。

虽然如此，我们还是维持了一段友情，沈南星也时常问起雪灵的近况。初三的秋天，她过生日，请了班上十几个同学，我荣幸成为其中之一，去了她家。沈家住在一栋别墅里，其富丽堂皇让我陡然惊觉，自己和她有着不可忽视的阶层差异。最令我震撼的是，她家有三扇宇宙窗！在不同房间里当装饰，其中最小的一个也比我家的大三倍，可以看到某个环形山中金字塔般的废墟，应该是古文明的遗迹；另一扇面对着水晶和碧玉等宝石组成的瑰丽山脉；而最大的一扇窗户在客厅里，几乎占了一整面墙，那里有一片浩瀚的紫红色星云，如玫瑰绽放又如火焰升腾，其中孕育着十几颗婴儿恒星……这才是最美的宇宙窗啊！据说沈父前后买过十几扇宇宙窗，如开盲盒一般试过来，只留下了这几扇最惊艳的。亿万光年外的星云为沈南星的倩影披上梦幻般的光彩，令我迷醉，也令我自卑。

我和沈南星渐行渐远，初二的那次邂逅交心，只变成了我内心一段美好而不真实的记忆。第二年，我们初中毕业，我平淡地升上小城唯一一所高中，而沈南星的父母终于离婚，她跟着父亲去了省城，在那里读了一所名牌高中。我和她在社交媒体上还是好友，但是基本上也无话可说了。

雪星上，那个漫长的夏天比我的青春期更早结束了。雪灵一直没有找到自己的另一半，而不知为何，其他雪鹰狮们长达几年的恩爱相伴也没有带来下一代的诞生。相反，在我高二那年，一场突如其来的暴风雪后，所有的雪鹰狮都消失不见了。我在研究中心的网站上查阅，发现有外星生物学家也研究了雪鹰狮（鸡鼬兽）的生命模式，说它们应该是躲在地下产卵和孵卵，卵孵化后，父母死去，刚出生的子代以亲代的尸体为食熬过寒冬，等到长达数个地球年的冬天结束后，再来到地面，开始新一轮生命的循环。

这是一个合理但是残酷甚至恶心的结论，我一开始也不愿意接受，但是我已经不是孩子，已明白了生命不是童话故事，而有太多的局限和无奈。也许我们不该对它奢求太多，只要有过美好的时光，也就足够。

我相信雪灵已经不在了，在“生活圈”发了一条表示哀悼的状态，隐约地提到了雪灵的去世，大部分人看了也许只以为是说猫或者狗。只有沈南星能看懂，其实我也只是发给她一个人看的。

果然，发出去几个小时后，沈南星发消息问我雪灵怎么了，我告诉她最近雪星发生的现象和科学家的推测，沈南星唏嘘不已，也安慰了我很久。由这个契机开始，我们又恢复了陆陆续续的聊天。她说寒假会回一趟小城，我期盼了很久，但最后她也没有回来。

又过了一年，到了高考前夕，我问沈南星想考哪所大学，还想着能否和她在一所学校。她的回答却给了我当头一棒，她说，家里别有安排，她正在补习法语，会去巴黎读大学。这是我无法想象的一种生活。

我收拾低落的心情，准备高考。那时候，我有一个天真的想法，考上好的大学，才能更接近沈南星，所以我非常努力地学习。最后考得还不错，收到了南方一所名牌大学的录取通知书。这给了我一点点勇气，给沈南星写了一封上万字的电子邮件，坦白了多年的感情，希望有万分之一的机会。沈南星的回信没有那么长，只有一千多字，核心的意思其实只有一句话："对不起，我们还是做朋友吧。"

几天后，我最后望了一眼百亿光年外风雪笼罩、毫无生机的雪星，关闭了宇宙窗。然后收拾行装，奔赴大学。没有人知道，我之所以选择那所大学，只是因为它在遥远的南方，在一个别称叫作"星城"的城市。这是我唯一可以接近的"南星"了。

七

三十五岁那年的大年三十，在人生的最低谷，我失魂落魄地回到小城。

十几年在外漂泊一言难尽。从南方那所大学毕业后，我在当地一家航天旅游公司上班，辛苦奋斗了几年，也谈了个女朋友，准备买房结婚。却被几个同事蛊惑，一起辞职创业，把买房的资金都投了进去，不料市场突变，新公司办不下去，钱都打了水漂，女友一气之下也跟我分了手。我在南方又辗转几个城市，混了几年也没有什么起色。家里，母亲前几年病故了，而在几个月前，父亲也诊断出患上了阿尔茨海默病，需要亲人照顾，我最终一事无成地回了故乡。

父亲的病情已经相当严重，过年的欢快气氛似乎唤醒了他千疮百孔的记忆，拉着我絮絮叨叨跟我说了很多往事，但脑子也糊涂了。他忽然跟我说："文文，爷爷吃年夜饭的时候就要来了，还说给你带来一件礼物……他听说你生病了很着急，你身体好点儿没有？最近心口还疼吗？让你妈给你多熬点鸡汤……"

"好多了，"我忍住哽咽，悄悄擦去流下的眼泪，"最近好多了……"

我陪父亲看完了春晚，好不容易等他睡下了，走进自己的房间，这里基本仍然维持着我高中时的旧貌。我想起父亲的话，打开了爷爷送我的宇宙窗，心想过了这么些年也不知能不能再启动，但它的坚韧超出我的想象，片刻后，屏幕就再一次被那边的风景照亮。

上大学那几年，我回家过年时也开启过几次宇宙窗，但窗外的风景永远是一成不变的茫茫风雪。我查过其他行星的资料，知道有的星球上风雪期长达几百年也不稀奇。后来，我回乡越来越少，即便回来也没再开过宇宙窗了。

但这次，竟有了全新的变化。

风雪再次停息了，温暖和煦的阳光照在茫茫雪原上，远处，一群雪鹰狮像当年一样奔跑和狩猎。这是雪灵它们的后代吗？

雪鹰狮们在原野上奔驰着，仿佛听到我的召唤一样越跑越近，我看到它们体型健硕，比记忆中的样子还大了一圈，羽毛更加丰美，翅膀更加雄壮，头上还长出了某种类似头冠的东西。领头的一只奔到宇宙窗之前，发出某种鸣叫。我感觉有些熟悉，仔细观察着它的模样，终于从脖子上一道陈旧的疤痕认出来，天哪，这就是我的雪灵！

其他的雪鹰狮们也跟着来了：雪霸、雪宝、雪娃、雪风……一个个都是旧识，只是外形发生了明显变化。我热泪盈眶，专家错了，雪鹰狮们没有死，经过一个漫长的寒冬，它们反而长得更大、更健壮了！

雪鹰狮们也在宇宙窗前摇摆着身体，发出欣喜的叫声。我终于确定，它们能够以某种方式看到我，并且也认识我，虽然我不知道是什么机制。

我观察了很久它们的行为，发现和十多年前的上一个夏天又完全不同了。雪灵仍然没有配偶，却似乎成了它们的领袖。众雪鹰狮在雪灵的率领下以更复杂的模式和更高的效率进行捕猎。另外，雪象鸟等动物也发生了类似雪鹰狮的变化，进入了一个新的生长阶段……生命的种种奇妙令我叹为观止。

我也看了下研究中心的网站，外星生物学家们仍然没怎么关注雪星，他们发现雪鹰狮出人意料地复归后，将其归类为不完全变态动物，认为其经过一个冬天的蜕变才能达到成年态，占领新的生态位，不过也没有太当回事。

但我对雪星的热情复活了。我在家里除了照顾父亲外，也每天观察雪灵它们的活动，看到它们精力充沛地奔驰、狩猎、共舞，我内心的阴霾也驱除了许多。生命总会找到出路，而我的生命也该进入一个新阶段了。

无心插柳柳成荫。为了生计，我在本地找了个工作，是以前老东家在这里开的分公司，省城的大区经理曾是我的老上司。他很相信我的能力，我本来又有多年的工作经验，业务水平也超过本地的其他同事，短时间内便完成了好几个项目。很快，我升任分公司的主管，在整个地区打开一片新天地。

几年后，我调到省城工作，掌管了公司在本省的业务，收入水涨船高，在城里也买了房子。我把病情日益沉笃的父亲接来这边的大医院治疗，也把心爱的宇宙窗拆了下来，安在了省城的新家里。在那里，我仍然可以每天看着雪灵它们充实快乐地生活。无论现实生活多么繁忙，我的一部分生命仿佛一直活在宇宙另一边的冰雪星球上。

八

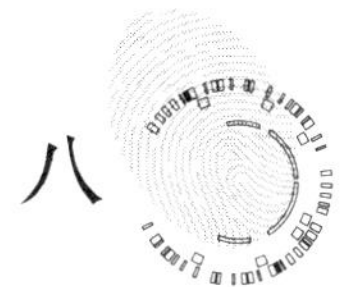

四十岁那年的春节，我又见到了沈南星。

父亲没有熬过那个冬天，在省城医院去世了。我请了长假，把他的骨灰送回老家，和母亲合葬，还要在小城办理一些丧葬祭奠、遗产继承等身后事，在小城暂住了一个多月，转眼又是年关岁尾。本来可以早点儿回省城，但我思念少年时代过年的感觉，还是留下了。如今，春节的街头要热闹很多，比如只要戴上AR眼镜，就能看到漫天飞舞，甚至围绕你绽放的AR焰火。相反，随着全球变暖的加剧，即便在这个纬度，冬天几乎也看不到多少冰雪了，我竟开始怀念以前白茫茫的冰天雪地……

大年三十，我推掉几个亲戚和同事的邀请，独自在旧家待着，一个人看了之前早就看腻了的春晚，并不是为了晚会，只是想找回一点儿当年全家团聚、难忘今宵的感觉，但当时只道是寻常，如今却已无从寻觅。

大年初三有个初中同学会，有同学知道我回来了，让我一定参加。我去了，本来以为来的就是留在本地的那一批同学，但没想到，却见到了一个多少年来只有在梦里才见过的身影。

那年表白失败后，我再没见过沈南星，后来听说她在国外结婚并定居了。我也千百次想过，什么时候能再见面，不过想多半也就是尬聊几句后分别，还不如不见。但这次真的相见，却和想象中不同。

沈南星和记忆中一样美丽大方，双眸如星。岁月的磨炼在她面容上留下了淡淡的痕迹，但也更增添了一份成熟之美。我们一开始确实稍有些生疏，但几杯酒后，就渐渐能自然聊天，聊着中学往事，甚至聊到了那年我丢人的表白。沈南星告诉我，其实我一点儿机会也没有，因为当初她和高中里的一个男孩正爱得死去活来呢；但更早的时候，她也曾对我有好感，只是那段感情还青涩的时候就被扼杀了……不过就算当年我们能够在一起，现在估计也是如烟往事了。这些年里，她结过两次婚，现在却又是单身。我也讲述了自己那几段坎坷的感情经历……说着说着，我们想起来，今天正好是我们初二那次相遇的二十五周年，但彼时如白纸般的我们，又怎能想象二十五年后历经沧桑的重逢?

终于聊到了雪星。我告诉她那个好消息：雪灵和它的小伙伴们其实都没有死，而且已经长大了，在宇宙窗的那一边过着快乐的生活。沈南星又惊又喜，拉着我就要回我家去看。我们趁其他同学没注意偷偷出了门，在既熟悉又陌生的故乡小街上醉醺醺地笑闹着，漫步着，到了我的旧家。

但推开门，宇宙窗所在的地方只有一面白墙。我才发现自己喝得太醉了，甚至忘记宇宙窗已经拆掉了，安在了我在省城的家里。

我向沈南星赔罪，她却笑盈盈地看着我。我凝视着她的眼睛，发现在那里，有比任何宇宙窗更加明亮动人、通向一个更遥远也更神奇宇宙的窗口……

那天夜里，我走进了那个宇宙。

我们在故乡度过了天堂般的几天，但春节一过，别离也近在眼前。南星仍然长居法国，下次回来也不知道是什么时候，而我目前也不可能离开这片北方的故土。我不知道，我们之间这段太迟才真正开始的感情，最后会是什么结局。但我知道，有一件事，我们一定会做。

春假之末，我带着南星回到了省城的房里，拉着她的手，像去见最好的朋友一样，打开了安在客厅中的宇宙窗。

从父亲去世至今，我已经不见雪星快两个月了，本以为能见到雪灵和它的伙伴们驰骋狩猎的情景，也想过可能严冬复归，一切再度被埋藏在风雪之下。即便是后者也不可怕，因为我知道，生命还会在风雪之下生长复苏。

但这次我们见到的，却是压根想象不到的奇景。

从窗口望去，外面的天空中闪烁着奇妙的光影，地上没有半点冰雪，百草丰茂，特别是一种好几米高的、蓝紫色的大叶草在柔和的光线中舒展着叶片，许多流线型的小动物在空中悬浮飞翔，另一些看起来更奇怪的多足动物在地上缓慢爬行，边上还有一些正在一开一合的绚丽“花朵”，某些看起来很巨大的动物在空中遨游，在地面上投下移动的阴影……

“这……这是什么……”我结结巴巴地说。

南星说：“这好像是……在水下？”

“啊对，像是海底？但怎么会有海呢……”我想难道是虫洞搭错线了？但从没听说过有这种事。

“喂，这是另一扇宇宙窗吧？你不会想拿这个蒙骗我吧？嗯？”南星娇嗔道。

“冤枉啊，这怎么可能？”我说，又睁大眼睛仔细看着，渐渐地，认出了一些熟悉的轮廓，“你看，这个海底的地形，好像，好像就是……以前的陆地欸……”

是的，雪原虽然长期被冰雪覆盖，但大体的地形我看得很熟了，高下丘谷的基本面貌，和这个阳光明媚的海底竟然大体吻合。

难道……

我正在疑惑，忽然看到远处一群大鸟飞来……不，应该说一群大鱼游了过来。但它们确实如蝠鲼般振翼游动，宛若飞翔，身上也覆盖着某种羽毛状的东西，怎么那么像……像是……

“雪鹰狮！”我叫了出声，“是雪灵它们啊！”

是的，是我亲爱的雪鹰狮们，我曾长期疑惑它们的翅膀有什么用处，因为从来没见它们飞过，但现在终于明白了：它们的确是用来飞翔的，但不是在天上，而是在海里。

雪灵带着雪鹰狮们游到我面前，虽然模样又发生了很大的变化，比如羽毛更加坚硬，变成类似鳞片的构造，身体也变得更具流线型，但无疑每一个都是我熟悉的老友。而我惊讶地发现，它们的队形形成了一个整齐的方阵，比以前更加严整，甚至可以说，如同一个不可分割的整体。

雪灵静静凝望着我们，眼神中竟充满了我从未见过的睿智与温柔。此时，我的脑海中幻化出了一幅幅画面，好像有人在给我翻看一本古老的图画书。电光石火间，我终于明白了这个我永远无法抵达的世界的真相。

九

我当时所领悟到的真相，是一种感性的直觉，很多地方不能用人类的语言表达，后来又过了很久，我经过回忆和思考，以及参考外星

生物学家的相关论述，才能大体组织成可以理解的语言：

雪星——这个名字至少有一半名不副实——围绕着两个太阳旋转，一个太阳是红矮星，辐射微弱，另一个太阳却热力强大，两个太阳以固定的节奏接近和远离，雪星也就以固定的周期在两个太阳间穿梭。在围绕着第一个太阳公转的时候，它是一片冰天雪地；而在围绕着第二个太阳的时候，它表面大部分会变成温暖的海洋。生命就在这样一个在两个极端之间切换的世界中萌发和进化。

雪鹰狮——这个名字当然也不怎么符合实际了——是一种复合生命，通过跨越个体的脑电波交流而组成整体意识。然而在食物匮乏的冰雪时代，只有一小部分幼体能够长大，因此每个个体需要单独的意识，进行竞争才能活下去。但在这之后，它们就开始彼此的合作和相互的关联，成长为整体。它们的“求偶”，其实是意识融合的一个阶段，首先是两个个体的脑电波相互交流，然后再进一步合并，成为真正具有智慧的复合生命……

雪灵是一个特殊的个体，在它还很小的时候，因为宇宙窗的开启，让它的脑电波和我的脑电波通过虫洞发生了细微的交流。我们能够在大脑运作中感应到对方的情绪和思维，但这种感应相当微妙，所以许多年来，我竟毫无察觉，虽然在潜移默化中，我们早已影响和改变了彼此的生命轨迹。而对于雪灵来说，它看不到我，但感到有一个和自己相感应的个体的存在，但却不明所以，更不知道那个存在距离自己有半个宇宙之远。

因为它和人类的脑电波建立了本不该有的关联，其他同伴感到了雪灵的异常，所以长期排挤它；但这种关联也让雪灵变得更加聪明和独立，养成了某种领导力；这让它在后来反而成了群体思维的凝结核，成为一层层意识融合的核心。在冰雪变成海洋后，雪鹰狮群的思维终于成为一个拥有智慧的整体，在这个阶段，它（们）继承的世代记忆才得以复活，也可以和我以更清晰的方式沟通……

当时，雪鹰狮（们）在我脑海中发出合唱般的歌吟，好像是发出某种邀请。我理解了，冰雪已经融化，海洋已经复归，和雪星的所有生命一样，它（们）的生活也进入了下一阶段。是的，即便是这个已经合众为一的神奇存在，也不过是某种更复杂和伟大生命的初级阶段而已。雪星的海洋阶段将持续超过三百个地球年，在后面漫长岁月中，它（们）即将洄游，去这个星球的其他区域学习和进一步成长，其未来历程的深邃奥秘已超出了人的理解范围。或许可以说，大体相当于人类去外地上大学而已。

它（们）在这里已经等待了一段时间，应该是等待着我，也许还包括南星，它（们）也一直记着她当年心灵的触感……对它（们）来说，我们也是它（们）的一部分，渴望我们能一同前往。但此时，它（们）接收到了我们的脑波，虽然不知道能理解多少，但应该也明白了，我们在时空上的遥远距离，注定不可能加入它（们）的行列，只能在这里告别。它（们）将离去很久很久，久到势必是永别了。但即便如此，我们之间也存在着不可磨灭的羁绊，我们已融入双方的心灵。

雪鹰狮们开始一个个在海水中舞蹈、翔泳，围绕着看不见的宇宙窗来回环游。我们站在窗前，静静地望着，感受着它（们）热情而深邃的心灵之歌。不知过了多久，它（们）终于转过头，重新组成庄严的队列，向着碧蓝海洋的深处缓缓“飞”去，越“飞”越远，越来越小，再不回头。远去的雪鹰狮，宛如远去的人生，宛如流金岁月中曾陪伴我们成长、但已永远离别的人们……

“记得么，我曾说，这是我见过的最美的宇宙窗了……”

南星轻轻地说，握紧了我的手。

关于地球的那些往事

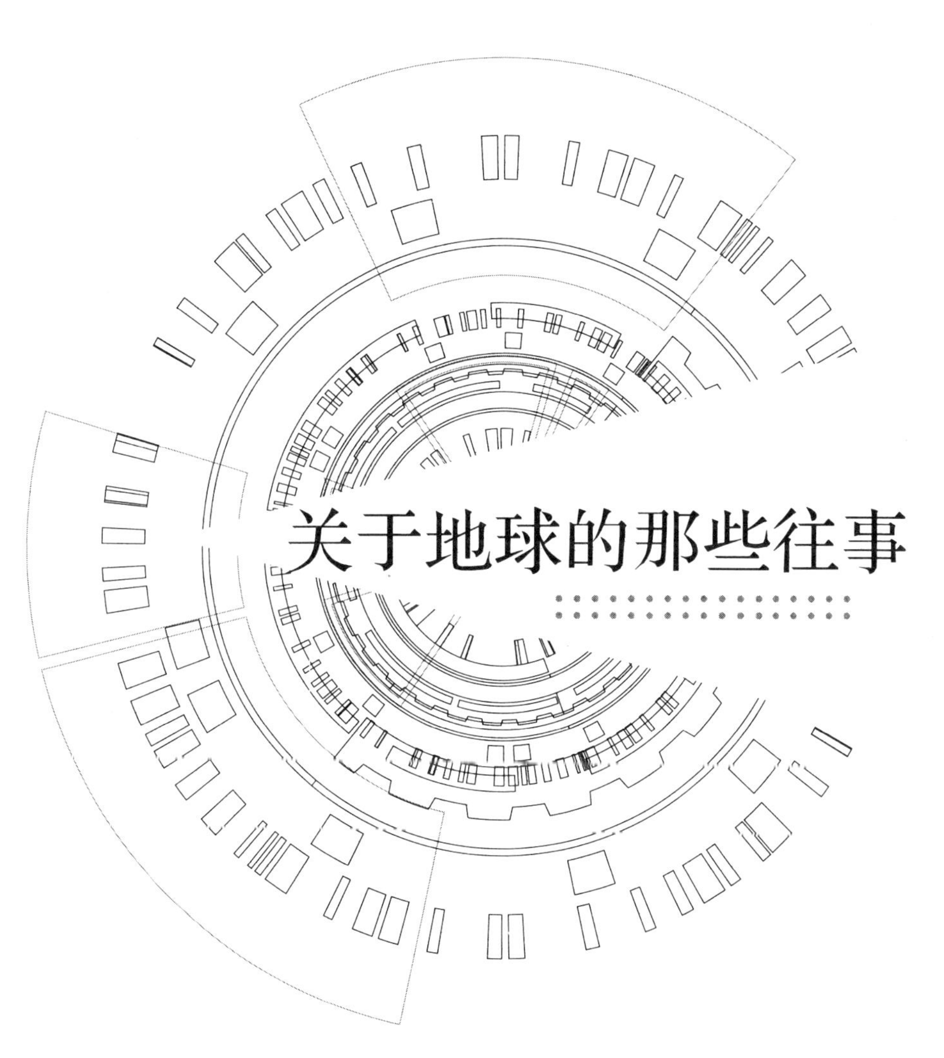

一

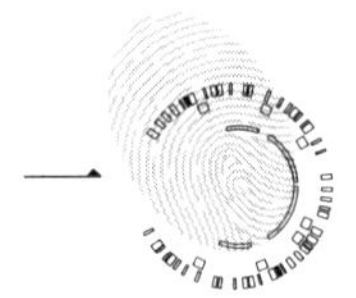

那颗看上去普普通通的矮星悬在银河系的荒蛮之地——两根主旋臂之间一团不引人注意的星际云中，在四光年之外看来，只发出一点儿平淡的微光，只有很费力才能将它从光辉灿烂的群星背景中分辨出来。从各个角度来看，它都只是一颗再普通不过的主序星。所以，当卡奇瓦王子听到那个所谓“死星”的荒诞传说之后，忍不住哈哈大笑了起来，这笑声是一种特别高频的电磁波，令人难以忍受地冲击着每一个洛瓦人的信息接线。

这是泛银河世界中一个普通的时刻。但对洛瓦人来说却并不普通：洛瓦联合王国的主君、三千个洛瓦星系的共主、洛瓦大神之子、和平与商业的守护者卡尼瓦国王刚刚去世。他的弟弟、在两千日前的政变中被放逐到星系边缘的卡奇瓦王子殿下，在一堆亲信幕僚的簇拥下，正乘坐着“绝对空间”号皇家飞船，前往母星接管大权。在那里，有一支忠实的军队和无数臣民正焦急地等待着他的到来，现在只有不到一千光年的距离了。

但是在走了一大半路之后，飞船的空间引擎已经能量耗尽，目前的能量储备已经不足以支持飞船驶完最后一段旅程。这并不是什么大问题，只要从眼前这颗不大不小的恒星中汲取足够的能量，进行一次超级跃迁，就能在极短时间内穿越这一千光年的距离。将王子殿下送上那诱人的国王宝座。

可是王子殿下的首席科学顾问沙密瓦博士却胆大包天地表示了不同意见：此举万万不可。

“关于死星的传说有其历史依据，殿下。”沙密瓦博士小心翼翼地说道，“这个传说至少从十个标准银河年之前就有了。整个泛银河世界所公认的最古老的文明种族——伟大的沙人，在他们的《开辟圣书》中写道：‘如果你见到死星索莱斯，记住，绝不可以踏入它的神殿，那必不为诸神所喜悦。’而《圣书》的星图上死星的位置，根据银河史家对恒星坐标的历史还原，所指的正是这颗恒星。还有至少十二个古老民族的史诗中有类似的记载，例如——”

“够了，博士！”王子好不容易止住了笑声，将电磁波调到“威慑”类型，“我真为你感到羞耻。从什么时候起，那些我们自启蒙时代以来早就摆脱的神神怪怪又渗透到你的脑瓜里去了？这一路上，你尽拿那些诸神啊、鬼怪啊之类的胡扯吓唬大家，真让人难以相信你居然是一个超空间物理专家。想想吧，那些早就堕落的古代民族，那些已经忘却科学的卑下种群，他们之所以还能在这个宇宙中存在的唯一理由就是它们像宗教一样崇拜祖先所发现的每一条科学定律。我已经厌倦这些鬼话了。”

“可是自古以来，一直有无数的星际飞船在这一星区消失不见。即使不管远古时代那些夸张的传说，确凿的记录也有好几十起。这一点早已经引起了整个银河系的不安。人们都觉得这个星区有某种神秘的力量存在着。比如英卡卡人有一句谚语来形容那些令人讨厌的人：‘愿索莱斯的死光保佑他！’还有——”博士看到王子的信息场的颜色向“暴怒”方向转变，不由讪讪地关闭了语言端口。

“少扯淡！”王子大吼着，“睁开你那二十只生锈的胸眼和背眼看看：这颗恒星的类型是最适合用来补充燃料的，我们不把它榨干，就不能及时进行跃迁，不及时进行跃迁，就没法及时赶回母星，不赶回母星，就没法顺利登基，那会让我那个阴险的小侄子捡现成便宜。他要是当了国王，到时候我们大家的思维器都得从腹腔里被挖出来改装成游戏机！懂吗？本王子特意不走普通航线，走这条最近的路线，就是要尽快赶回去，免得节外生枝。你还尽拿些废话来扯本王子的后腿。死星是吧？告诉你，就算这颗星星是死神自己的卵蛋，本王子这回也要一把把它揪下来！蠢电脑，超级跃迁立刻启动！”

最后一句话是对飞船的电脑控制系统说的。在接到这个明确无误的指令后，飞船微微震动了几下，超空间引擎启动了，飞船尾部发出了闪烁不定的光芒。从外部看来，飞船仍然只是在茫茫的星海中漂浮着，但船内所有人都感受到了飞船的加速，它将在加速到光速后一举跃入超空间内。指挥舱里，心怀疑虑的人们沉默不语。还有一些惴惴不安的船员开始念起了洛瓦人保平安的经文。王子虽然口头很强硬，心中也有点儿犯嘀咕，为了掩饰自己的不安，他刻意高声谈笑，用猥亵的口吻讨论起一个著名的洛瓦美人，说当上国王后要“把她变成我的专用合体器”。

王子正说得高兴时，超级跃迁开始了。看上去连续平滑的三维时空瞬间在第四个维度上被撕扯出一个巨大的裂隙，将“绝对空间”号容纳进去。飞船在宇宙空间中消失了，只剩下茫茫太空。它将瞬间穿越超空间，在同一时间就将出现在四光年外的那颗恒星附近。

在距离那颗恒星 1.5 亿千米之外，一颗经历了数十亿年的演化，刚刚显出蔚蓝色的行星正在缓缓转动着。在那颗约 80% 的表面是蓝色海洋的行星上，生命正在大洋深处孕育着。虽然还没有多细胞生物出现，但是原核生物早已繁荣起来，原生生物也已经崭露头角，海水中浮沉着五颜六色的藻类，动物的远祖，各式各样的鞭毛虫、变形虫、放射虫们在水中悠游自在，吞吐着俯拾皆是的水藻和菌类，享受着和煦阳光下温暖的水波。

这些悠闲的原始生命自然不会知道，当洛瓦人到达之后，自己将面临悲惨的命运。洛瓦人粗暴的能量采集方式会让这颗恒星的核聚变反应变得极不稳定，并立即耗尽其内部的氢包层，这样一来不需要几个小时，这颗本来可以活上100多亿年的恒星就会迅速爆发成一颗红巨星，半径膨胀上百倍，而这颗像水晶一样清澈的蔚蓝色星球将像火海上的一颗露珠一样，在能量的狂潮中转眼间便无影无踪。

但是这一切并没有如期发生。事实上，什么也没有发生。

飞船再也没有到达目的地。卡奇瓦王子、德沙瓦将军、沙密瓦博士等知名人士连同数百名普通船员一起，进入超空间后便无影无踪，再也没有在银河系的任何一个角落出现过。而在母星，王子殿下的侄子——帕丁瓦小王子，本来一直在提心吊胆地等待这位以残暴著称的叔叔的到来，却再也没有机会感知到叔叔的能量场。在一个月的僵持后，帕丁瓦王子终于压倒了反对势力，在亲信大臣的簇拥下继位，成为中兴洛瓦王国的一代英主，改写了洛瓦人的历史。

当然，为了安抚卡奇瓦的支持者，帕丁瓦王子继位后，下达了在宇宙范围内寻找叔叔的旨意，并通过外交使节向其他数百个宇宙文明种族寻求帮助。但是却一无所获。因为卡奇瓦的旅行是秘密进行的，所收集到的零星证据只能将“绝对空间”号消失的地点锁定在第一旋臂与第二旋臂之间一处方圆数千光年的广大区域，却不知道具体在哪里。

直到过了五十万年，当洛瓦文明早已衰落后，某个与之毫无关系的文明种族才在一次偶然的游历中，在距离死星七万光年外的银河系另一个角落发现了这艘飞船的残骸。飞船及飞船内的一切早已被超空间的神秘力量撕裂成亿万碎片，又被挤压成各种奇形怪状，漂浮在黑暗的星际空间中。经过艰难的考证，人们才最终确定这艘飞船是洛瓦史书中记载的、五十万年前失踪的“绝对空间”号。但它是如何越过七万光年的距离而来到这里的，却无人知晓。人们只能推测它卷入了一场意外的超空间能量漩涡而被粉碎，又被甩到了这个角落。这一事件逐渐和关于死星的种种传说联系起来，寰宇新闻网上登出了几则吸引眼球的报道和猜测，在历史和神秘事件爱好者中引发了一轮争议，但不久后就和万千类似的档案一样被扔进故纸堆中，再也无人过问。

二

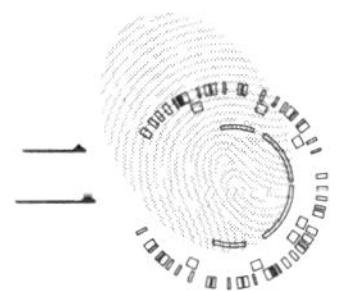

纷纷扰扰，星起星灭。一个个年轻的种族登上了银河系的王座，演绎了一出出气壮山河的历史剧，曾几何时又悄然退场，无声无息。在亿万年的繁荣后，泛银河世界又一次进入了长久的衰退时期。然后又是新一轮的复兴。新的种族兴起，新的势力扩张，新的碰撞，新的——战争。

在这漫长峥嵘岁月中的某一时刻，在离死星五百亿千米外的空旷太空中，一道蓝色的光圈从虚无中闪现，然后迅速由小变大，膨胀成近一万亿立方千米的巨大光球。刹那间，在那光球中，宛如一座城市从荒漠中平地而起一般，一眼望不到边的各式各样的宇宙战舰排成森严的阵列，猛然间从虚空中冒了出来。

玄渊共和国护国军第七舰队，由三百万艘各式战舰组成，浩浩荡荡地抵达了死星附近的天区。

“哦，禁制之星系，古老的咒语，诗人的灵感，哲人的迷思，旅人的梦魇……”在旗舰的指挥舱里，舰队指挥官青金元帅诗兴大发，喃喃自语着。虽然是自语，却通过心灵感应系统，瞬间印入秘书官赤铜的意识中。赤铜知道这是主帅要他记录下来，将来收入史册的名言，虽然心里大骂“屁话连篇”（以主帅无法察觉的隐秘方式），却小心翼翼地将信息收藏到记忆储存区中。

元帅终于顿了顿，赤铜知道该是自己发问凑趣的时候：“大帅，这就是传说中的死星星系吗？我看挺普通嘛。”

“呵呵，你小鬼知道什么，”指挥官大笑着说，“自古以来，这里不知吞噬了多少宇宙旅行者的性命。传说中，这里处处飘荡着‘鬼船’，引着漂泊的旅人进入亿万年前的时空陷阱。”

赤铜心中不以为然，却摆出很感兴趣的样子问：“时空陷阱？如果掉进去会是什么样呢？”

“没有人知道，也许是无尽远古种族的幽魂，也许是宇宙另一端的黑洞，如果你运气好的话，也许能掉到我国古代美人绛镁夫人的床上去。”

“那敢情好，不过大帅，”秘书官终于问出了自己真正关心的问题，“我军这次为什么要迂回到死星附近来？”

青金的表情花纹顿时变成了严肃式：“赤铜，关于此事，说说你的想法吧。”

“这个，我想大帅是要利用死星，设一个陷阱，引星妖们上钩。”

“哦？具体说说看。”

“这个我也没有想清楚。但是星妖们是从星系的另一头发家的。它们的势力只有在最近的战争中才拓展到这条旋臂附近。我想它们对死星的传说并不了解。既然死星有那么多神秘之处，我们大可以利用这一点。”

“说得对，赤铜。星妖们据说发源自一个充斥着几百颗恒星的大星云中，有的恒星相距不过几亿千米，它们习惯于生活在恒星附近，并善于利用恒星的能量进行攻守。甚至有谣言说它们在恒星表面的火海里洗澡！我花了几千时把它们引到附近，就是希望它们会接近死星，掉进传说中的陷阱，那样这些怪物就——”青金用胸口的四条辅臂做了一个表示“灰飞烟灭”的动作。

“不过大帅，这些假设都建立在死星传说是真的条件上，但是万一这不过是荒诞不经的神话，我们岂不是……”

“为此我专门查阅过有关资料，死星附近确实有无法解释的异常现象。据说，一旦接近其日鞘，也就是它的太阳风和星际物质交接的界限处，就会发生恐怖的灾难，仿佛有一层禁制在那里似的。当然，这次战争爆发后，首都星被摧毁，历史资料也残缺不全了。而且我们无法肯定，对于星妖这种超乎想象的生命体，死星的禁制是否仍然能起作用。不过我们已经没有选择了。”

“星妖的这次进攻猝不及防，在沙尔星系和古牙星系两次惨败后，我军第一、第三、第五舰队都已经被歼灭。第四和第八舰队在第三旋臂与敌军陷入胶着状态，无法来援。我舰队必须歼灭对方在这一星区的主力才有一线生机。如果我舰队反而被对方歼灭的话，”青金的思维场闪过一丝黯然之色，“古老的玄渊共和国就要从银河系被除名了。”

“敌军在这一天区的总体力量，是我军的两倍以上，如果不出奇制胜，我军根本没有胜利的可能。死星，就是我们最后的赌注！当然，我会立刻派几艘飞船去探测一下，以便确定——”

青金的这句话还没有说完，引力波探测仪忽然发出了警报信号，显示前方有空间扰动。青金的表情花纹扭曲起来，显示出极度的紧张。电脑很快从观察资料中分析出，前方两百亿千米外出现了敌军的舰队。星妖的大军尾随着他们，已经从一万光年外跃迁而来。

但令青金元帅失望的是，星妖们并没有主动前往不远处的死星附近布下阵营的打算，而是结成严密的空间阵势，浩浩荡荡，直接冲着第七舰队杀来。

“全军立即进入战斗队形！”青金气急败坏地命令道，“必须把敌军压缩到死星附近！不惜一切代价，进攻！进攻！”

两军以亚光速的高速迅速靠近。几小时后，玄渊舰队前方，千万妖异的金色的光点闪烁，星妖们杀过来了。

星妖大概是银河系中最古怪的生物之一，它们不需要借助任何舰船之类的外在工具，而直接生存在宇宙空间中。它们的身体呈半球形，由一种看上去像是金属的活性材料构成，每个的直径都有好几千米长，依靠氢聚变的能量生存。在它们身体前方，是一种比它们身体还要巨大很多倍的妖异磁场，可以吸收空间中游离的氢离子，作为进行聚变的燃料。许多人都怀疑它们是某个古代文明种族的机械奴隶，但它们矢口否认，而坚持说自己是在某片大星云中独立进化来的。

星妖的战争方式，实际上也是它们的繁殖方式。它们随时可以喷射出数百个高速的小球，尽管大多数都会被玄渊舰队的武器所拦截摧毁，但只要有几个落到对方的飞船上就会很麻烦。这些小球会迅速展开成有高智能的小星妖，四处乱飞，见缝插针，吞噬着飞船的一切，并迅速长大。一艘玄渊舰队的飞船，几乎经不住它们啃一二十下就完蛋了。

在光与影的进行曲中，战争看似杂乱无章，实则有条不紊地进行着。几乎每秒钟都有上百艘战舰被摧毁。令青金将军失望的是，十小时后，星妖的损失还不到四分之一，而玄渊舰队却已经损失了三分之二的有生力量。连防守最严密的旗舰也混进来一只小星妖，虽然在人们的手忙脚乱中终于被击毙，但是也造成了几十人死亡，许多重要设备毁损。最不幸的是，主帅青金元帅，被小星妖所吐出的冲击波弹击中下腹部，当场牺牲。

“我军没法再打下去了，为了保存实力，立即进入超空间跃迁！”副帅蓝锡将军下达了命令。

“慢着，不能跃迁！”正抱着主帅尸体的赤铜忽然坚定地说，他放下青金，大步流星地走向指挥台。

“秘书官，你——”蓝锡惊奇地叫道，忽然反应过来：“你是青金元帅？”

赤铜点了点头：“主帅在会战开始前就将思维复制体输入我体内，并且下了命令，一旦出现意外，就启动思维复制体代替指挥。所以我现在暂时是青金和赤铜的融合体，法律上是青金的死后代理人。”

这是玄渊人常见的做法，蓝锡并无异议，但是忍不住说：“大帅，不跃迁还能怎么样？我们输定了，及时脱离战场，还有一线生机。”

赤铜－青金望着此时悬在他们头顶的那颗星星说：“不，我们还有一个希望：去死星。”

几分钟后，玄渊舰队的残余舰只都加速到了亚光速，绕了个大圈，向着死星方向逃遁。星妖们毫不犹豫地紧追不舍。虽然星妖一族在跃迁技术上不如玄渊人，但是在亚光速航行水平上却要略胜一筹。在距离死星不到一百五十亿千米的地方，追上了疯狂逃跑的玄渊舰队尾部。一艘艘玄渊人的战舰瞬间变成了毁灭的光球。

“距离日鞘层只有八百万千米了，七百万……六百万……”旗舰舰长向赤铜－青金报告说。

赤铜－青金凝视着正在变得越来越明亮的死星，心中默默祈祷：亘古以来宇宙的毁灭者，伟大的索莱斯大神啊，请从沉睡中醒来，请聆听我们的呼唤，赐予我们您的神力！

五百万……四百万……

您曾经令银河系中多少商人闻风丧胆，多少船队一去不返……

三百万……二百万……

而今我们来了，带着邪恶的、渎神的敌人。我们愿将自己作为献祭，换取您毁灭一切的震怒……

一百万……五十万……

纵然这伟大的力量将我们一起毁灭，我们也无怨无悔……

青金元帅仿佛看到了死星喷发出妖异的光芒，索莱斯大神睁开了久闭的眼睛——

一秒钟后，两大舰队的主力几乎同时进入死星的日鞘。就在此时，那件青金将军所祈祷的事情发生了。

几百万个光点刹那间亮度增加了几十万倍，变成了绵延数万千米的火海。没有一艘飞船或一个星妖能够飞入日鞘层之内，而全部在其边缘爆炸了。爆炸所产生的千亿碎片，也发生了在力学中极为诡异的运动，就如同撞到一个无形无质却绝对刚性的水晶罩上一般，又被反弹了出去，两股巨力的挤压让这些碎片瞬间面目全非，并以近乎光速的速度向远离死星的方向飞去。

但是猛然爆发的一部分电磁风暴仍然穿透了神秘的阻挡，而继续以光速飞向星系内部，并在十多个小时后，到达了那颗唯一有生命的蓝色行星。

在那颗小小的蓝色行星上，生命正在海洋中经历着历史上第一次繁荣。美丽的海绵动物、奇妙的软体动物、古怪的节肢动物、恐怖的叶足动物……都在暖洋洋的海水中生长繁衍着。在这些动物群中，一群刚刚长出脊索的后口动物在浅海沐浴着阳光——它们将成为这颗行星未来的主宰。那令整个银河世界都感到恐怖的死星，对它们来说却是生命的源泉。

这个慵懒的下午，这些原始的多细胞动物中，有不少睁着没有几个感光细胞的原始眼睛，看到了天外那强烈的白色闪光。可是它们离进化出对奇特现象有好奇心的时代不知道还有多少亿年。所以大部分物种都无动于衷，另有一些颇感觉到危险而躲进了深海，可是过不了多久它们就忘了这档子事，又在这碧蓝色的家园中捕食、嬉戏和求偶。

强光消逝了，蔚蓝色的行星又恢复了宁静，继续慢条斯理地在进化的漫漫长路上前进着。

而在外部的泛银河世界，这次悲壮的同归于尽，产生了一个青金元帅也没有料到的结果。几万光年外的其他星妖群们，就在这一批星妖们毁灭的同时，不知为何突然好像发了疯，自相残杀起来。转瞬间，超过一百个星妖军团突然失去了任何战斗力，玄渊人当然不会放过这个机会。他们发动了总攻，大开杀戒。星妖的势力顿时土崩瓦解，此后再也没有恢复过来，几千年后就销声匿迹了。

历史学家们对这一次莫名其妙的崩溃大惑不解，最后只能猜测，星妖并不是一个一般的种族，而是通过某种量子纠缠，将整个银河系的星妖思维串联起来，成为一个巨大的个体。而数百万的星妖在死星的骤然毁灭，可能猛然摧毁了这个超级妖魔的思维能力，让它发了疯。因为从此以后再也没有人见过活的星妖，所以这个解释到底对不对，也只能永久存疑了。

三

又是一个标准银河年过去了。这被整个银河系各大文明种族称之为“至高之大年”者，亦即周围恒星围绕着银心旋转一圈的平均时间，是漫长无尽的峥嵘岁月，也蕴含着无数文明兴衰起灭的历史纪年。极少有文明种族的寿命能够超过一个银河年。一个个曾经统治星河的主宰，不是分崩离析、一蹶不振，就是销声匿迹、隐藏不出，甚至灰飞烟灭、彻底灭绝。而一批批刚刚从泥浆里爬出的蠕虫，从深海里探头的怪虾，在星云中凝结的硅花，转眼间跻身文明种族之列，飞天入地，驰骋在星海之间，追逐寰宇中至高无上的权柄。主人变为枯骨，奴隶成为帝王。旧的势力衰落了，新的文明兴起了，又是一轮残酷而宏大的权力交接。政治体制也在充满血与火的权力交替中飞速进化着，终于，血腥而漫长的银河战争结束了，新的伟大宪章颁布了，各大文明种族再一次联合起来，庄严地宣告了银河联邦的成立。和平、繁荣与

进步再一次降临在各大旋臂的无数星系之上。

古战场早已消失，文明时代降临了。在距离古老的死星数百亿千米外，一座宏伟的星际之门屹立着，它看上去并不像是一座门，而是一个直径为数百万千米的银色巨环，在其中心是不反射任何光线的黑暗，这其实是连接银河系不同区域的超空间通道。每隔几分钟，就会有一艘满载游客的星船从巨环的中心出现，驶向附近一座著名的空间站——死星博物馆。

“各位游客，欢迎来到恐怖的死星世界！这是银河系最神秘的区域之一，自从史前时代起，就出现在许多上古民族的神话传说中。据说一旦跨入这个星系，就会遭受灭顶之灾，星船再也无法出去。古代的沙人称之为‘死亡之神’，巴克人称之为‘星洞’，意思是和黑洞一样可怕的无底深渊。这些说法曾被科学界视为无稽之谈，但是近几个世纪的研究已经证明，在这个星系确实有不能用科学解释的神秘现象发生。这是怎么回事呢？今天，就让我们一起来探索这个千古之谜吧！”在博物馆足以容纳百万游客的大厅中，通过自动翻译器，每个游客都用自己种族的语言接收到了这一解说信息。这大厅是一个空心的巨大球体，游客们悬浮在空中，四面没有实体的阻隔，而是用力场约束隔断内外。游客们可以清晰地看到，不远处，死星放射着平淡而又神秘的光芒。

关于死星的种种传说，本来早已经在文明衰落时代中被遗忘，但随着联邦的兴起和星际贸易的繁荣，再一次吸引了人们的注意。几十艘星际商船和客船的相继失踪，终于推动联邦政府将调查计划付诸实施。

几个探测队被派出，不幸都是有去无回。政府再无法压制消息，新闻界开始炒作。死星的名头再一次被提起，出现在各大报章上。在科学界和民间的强力要求下，政府不得不公布了一部分秘密档案，一方面禁止一切前往死星的私人探险，另一方面在死星星系的边缘外修建科学考察站，进行长期观测和研究。

经过数百个无人探测器的反复研究，科学界确认了一点，死星的神秘威力主要在于它的日鞘层。在那里，似乎有某种强大怪异的能量场造成了任何人造飞行器一旦闯入，就会发生异常，导致毁灭性的爆炸。这种能量场甚至造成了超空间的扭曲现象。但只要不进入日鞘层，就不会有什么危险。

虽然日鞘有时大时小的膨胀和收缩，但也有绝对的界限。科学家们在日鞘外建立了多个基地进行研究。不久，在新闻界的渲染下，旅游业也随之发达起来。死星的噱头吸引了很多游客。虽然说看上去不过是一颗普通的恒星，没什么好玩儿的，但精明的开发商买下了几个废弃的科学基地，改造成死星博物馆，又搜集了一些真真假假的飞船残骸，弄了几艘仿古的“鬼船”，并在附近修建了宏大的主题游乐场。这里逐渐也成为联邦人消闲的场所，每天吞吐着数以百万计的游客。

“我们虽然无法以任何方式接近死星，但仍然可以通过从星系内部发出的电磁波，观察这个神秘的星系。文明世界对死星的观测由来已久，在前联邦时代，就有一群虔诚的死星教徒在这个博物馆附近修建了第一座教堂，对死星进行膜拜。他们是古代玄渊人的后裔，据说死星帮助他们赢得了一次关键的战争，所以他们产生了对死星的崇拜。死星教徒的观测长达四分之一个银河年，并留下了丰富的资料。今天我们已经知道，这个星系共有八个大行星，其中一半是巨大的气体行星。让我们仔细观察一下这些行星的奇妙样态……”各大行星的三维虚拟图像在博物馆的中央大厅浮现。某个行星绚丽的光环引起游客们的称赞。

“……但最令人感兴趣的，是死星的第三颗行星，我们称为蓝星。”随着解说，一颗蔚蓝色的行星出现了，在大厅中央缓缓转动。人们可以清晰地看到，在蓝色的海洋上漂浮着黄绿色的大陆。“因为这颗行星拥有生命。我们的科学家从行星的照片和光谱分析得出了这个结论。大陆表面的绿色应该是靠光合作用生存的植物，很遗憾，由于距离过于遥远，我们无法得到该行星生态系统的具体信息。只能大致推断，它们应该是属于碳基，这也是很普通的类型。”

“根据死星教徒们留下的资料，大概在四分之一的银河年之前，蓝星黑黄色的陆地才变成绿色。一些学者认为，这是多细胞生物第一次出现，但更多的科学家相信，这些植物是从海洋中登上陆地的，因为它们首先出现在沿海地区，然后向内陆扩散。最近几个世代的研究显示，这些植物能分成许多不同的类型，可能已经有高大的树木出现。”

“但更令人感兴趣的，还是动物，毕竟95%的文明种族都起源自动物形态。目前已经确认，这个星球上存在着动物，并且在植物登陆后不久也来到了陆地上。由于观测条件的限制，我们无法直接看到动物个体。但是随着大陆上植物群落颜色的微妙变化，我们还是可以判断出有以食用植物为生的动物的存在。当然可能有更高级的肉食动物，不过尚没有任何智慧生命出现的迹象。”

大厅中出现了宇宙动物学家推测的蓝星生物的样态，千奇百怪，无所不有。人们好奇地看着，不时传出各种骚动和哄笑，原来某些想象的蓝星生物和来参观的一些种族的游客不无相似。

“……以上所说的是我们的常规介绍”，信息广播继续着，“但是今天来到这里的各位将有幸看到一场特殊的节目。今天大家所看到的将是终生难忘的奇景。我向大家保证，一个银河年之内都不会再出现这样壮丽的场景。很有可能，死星的奥秘将就此被揭开。”

“我们的科学家早已发现，死星神秘的防护能量场仅仅对人造物体起作用，而对于自然天体则可以放行。我们早已经观察到在日鞘外很远的地方的一个彗星云团与星系内部的相互往来。最近几年来，我们的研究人员曾经尝试着将几个小行星和彗星推入星系内部，证明并没有受到什么阻碍。因此，在第18970届政府时期，也就是大概十年前，一位年轻的科学家，来自天行族的古笛博士提出了一项近乎疯狂的计划，这最初被看作是天方夜谭的想法，被其他人驳斥，却获得了来自科学界越来越多的支持，证明它真的可行。最终这项计划获得了联邦政府的首肯，并命名为‘诱拐计划’。”

虽然大多数游客对于“诱拐计划”早已经在各种媒体上获悉且耳熟能详，但他们仍然认真地听着，并意识到，这一时刻即将被载入史册。

“‘诱拐’是一个很确切的称呼，这个计划的精髓，就是将一颗恒星推入死星星系，让它以极高的速度掠过该星系，特别是经过蓝星附近，捕获蓝星作为它的行星，然后再从另一边把蓝星‘带’出来。这样，我们就可以不受死星禁制的阻碍，对蓝星进行自由地研究了。”

“可是这样，不会对蓝星的生态系统造成毁灭性的打击吗？”一个尖锐的质问响了起来。

“这个，大家不用过于担心，我们的科学家已经通过量子计算机进行过多次模拟，基本上可以保全蓝星。当然，自转和公转的急剧变化会引起地震、海啸、火山喷发等地质灾害，换了一个恒星所造成的热辐射变化也可能导致蓝星气温急剧升高和气候系统的紊乱，这些恐怕是很难避免的。在计算机的优化配置下，我们所设置的具体参数已经将可能的损失降到了最低限度。但是由于对蓝星生态系统缺乏了解，风险总是存在的。

“不过即使造成了毁灭性的影响也是值得付出的代价，泛银河世界在通向科学与进步的道路上总是要付出代价。”讲解者在“科学与进步”几个单词上加重了语气，“我们不能允许死星的秘密永远不向文明世界开放。事实上，在银河系的各个角落，每个银河年中都有几百万个萌发出低等生命的星球因为偶然的事故遭到扼杀：小行星撞击、恒星膨胀、超新星爆发、星际物质侵蚀……比较而言，这次可能的牺牲还是有价值的。”

又响起了一些零星的抗议，不过又响起了更多的支持声，将抗议压了下去。狂热的生态保护主义者并不得人心。目前的游客比平常多一倍以上，许多人花昂贵的价钱买票到死星来，就是要看这一出双星夺珠的奇景。

“你们这些家伙难道是死星教的吗？死星吞噬了多少无辜联邦公民的生命？你们怎么从不关心？做一个小小的实验，倒假仁假义起来了！”

“问问题那个，你不是鲶人族的吗？你们在绿洋星采油的时候怎么没想到保护生态系统？赤裸裸的双重标准！”

“天天把生命权挂在嘴上，难道蓝星的虫子们是你们的主子？星际虫奴们有多远滚多远！”

一片扰攘中，忽然传来了讲解员清晰的信号：“‘诱拐’行动已经开始，请大家注意星门方向。”游客们中止了争吵，纷纷向三千万千米外的巨环望去，那里相继放出了奇异的蓝光：四艘恒星牵引舰出现了。

恒星牵引舰是体长数十千米的巨舰，其中主要的成分是中子星物质，这使得每艘牵引舰虽然体积远小于任何恒星，却拥有恒星级的质量。它们用引力将恒星约束起来，并调整其方向、增减其速度，犹如在役畜面前放上令它垂涎欲滴的食物，让它飞奔，甚至可以将恒星加速到近乎光速的水平。

在恒星牵引舰出现后，空间站发出了微微的震动，空间发动机已经启动，以免受到星门附近突然增加的大质量引力的影响。不久便有一盏诡异的红灯在巨环的中心幽幽亮起：那颗用来诱拐蓝星的恒星从银河系的另一端运到了这里。游客们欢呼起来。

后来在蓝星人的史书上被称为“复仇女神”的那颗恒星当时被叫作“诱惑”。这是一颗吐着暗红色光芒的红矮星，从恒星的角度来讲它是一个侏儒：质量仅仅相当于死星的十分之一，光度更是只有后者的1%。但从区区三千万千米外望去，它如同宇宙猛然睁开的一只暗红的独眼。在恒星牵引舰的加速下，它将以极高的速度掠入死星星系，接近到距离蓝星大约只有千万千米的地方，再以大于死星二十多倍的引力将其捕获，并很快将其带出这个星系。当然，这个过程要花费数千天以上的时间。

对“诱惑”的调教颇费时日，在恒星牵引舰花了将近一个月，让“诱惑”摇摇晃晃地转了好几个圈之后，这头总算被驯服的野兽才终于调整好了状态，一头奔向了死星方向。又过了几天后，“诱惑”终于接近了死星的日鞘。

这时候，早已经换了好几批前来观赏的游客。不过，“诱惑”进入日鞘是里程碑的大事件，所以这一天游客又激增起来，达到了三百万人之多，连博物馆的中央大厅都容纳不下了，许多人于是驾着小型飞行器在太空观赏。观者如堵，形体各异的各种飞行器和身穿宇航衣的个体参观者组成了一堵壮观的巨墙，看着六亿千米外的“诱惑”移动。

不过，绝大多数人是看不出什么端倪的，日鞘内外并没有可以用肉眼可以分辨的标志。“诱惑”的高速运动，在几亿千米外看来，和静止不动没有多大区别。好在有一百多台立体摄像机跟随着“诱惑”，拍摄着这个历史性的时刻，并将图像转到博物馆大厅中。当科学家计算的“诱惑”进入日鞘的时刻到来时，先后不过几秒的时间，大厅的立体图像就消失了。人们明白，八台摄像机已经在神秘魔咒的作用下报废了。

但是肉眼可见，“诱惑”依然存在，发出稳定的红光。在接下去的两个标准小时内，都一动不动地悬挂在天际。看来，曾经毁灭无数宇宙航行者的神秘禁制对它是无效的。

正当游客们觉得已经没什么好看而陆续离去之时，一件不可思议的事情发生了。在进入日鞘两个小时后，“诱惑”闪烁了几下，然后就消失了。就像一盏暗淡的灯光熄灭一样悄无声息。游客们不敢相信自己的眼睛，几乎炸开了锅。

几十秒后，来自观测站的消息证实了人们的肉眼所见：望远镜的观测数据显示，在几秒钟内，“诱惑”的速度忽然迅速递减为零，似乎被什么东西扯住了。随即发生了形变，表面出现了奇特的隆起，然后内部的恒星物质疯狂地喷涌出来，形成了数十万千米高的超级日珥，这股物质流被吸入了后方一个看不见的点，使得整颗恒星迅速黯淡下来。然后，几乎在一瞬间，整个“诱惑”都消失在漆黑的太空中，好像被一个魔术师用黑布盖住了一样。

显然，死星的神秘禁制并不像科学家以为的那么简单。大多数游客们不无失望，看来“诱拐”计划是失败了，死星的秘密仍然不为人知；不过也有人感到高兴，毕竟这也是毕生难见的奇观，证明死星的强大魔力不容小觑。人们议论纷纷，却浑然没有觉察到真正的危险所在。

“诱惑”消失后大约几分钟，游客们纷纷用各自的语言惊呼了起来：博物馆的中央大厅忽然悄无声息地裂成了两半，断裂面整齐得如同镜子一样。事实上，整个空间站都被斜斜地“劈”成了两半，重力场失效，防护力场破裂，空气大量外泄，博物馆内外的游客们都恐慌起来，像几百万只没头飞虫一样逃窜。转瞬间出现了十几万处爆炸和火光，那是各种飞行器在慌乱中的对撞。

仅仅十几秒后，已经分成两半的空间站再度分裂成七八片，有的碎片直接从游客身上穿过，一个完整的躯体还来不及哼一声，转眼间就分成数片血肉，仿佛有一个巨大的狂暴武士拿着隐形的钢刀在疯狂砍削一样。随后，是几十片、几百片、几千片……再也拼不成任何完整的形状。

这种奇特的现象持续了十分钟之久，恐怖的断裂持续发生着，包括一千多座永久建筑和四千艘大型飞船的整个空间区域，变成了亿万片飞舞的碎屑，似乎为了验证物质是否无限可分的命题一样，这些碎屑也不断破裂，直到几乎每一个原子都断裂开来。其中自然已经没有任何活物。

能够及时逃生者只有几千人，其中一个目击者说了一句后来被证实的话：“看起来破碎的不是空间站或者其他什么东西，而是空间本身。”

这恐怖的一幕，还仅仅是灾难的预演。

更大的灾难，发生在两万五千光年外的联邦首府——始建于银河帝国时代的天国之城。这是一座行星规模的都市，但并非一个行星，而是一个美轮美奂的巨型人造结构，看上去像是一朵分为七层，包含着数百片花瓣的鲜花，每一片花瓣都有几百万平方千米大，并有复杂的立体结构。联邦政府是一个像水晶一样玲珑剔透的光球，直径有两千千米，内部包含着三万个精美细致的建筑，它们天衣无缝地交织勾连在一起，构成完美的球形，悬浮在花蕊的位置。人们公认，这是整个银河系有史以来所建造的最美丽的城市，来自一百万个不同种族联邦的约两千亿公民生活和居住在这里。这座城市不依赖任何恒星，而是围绕着银心做为期整整一个标准银河年的公转，以底部能源系统的真空能给全城供能。

当“诱惑”在死星日鞘附近消失的同一时刻，天国之城的居民们忽然感到整个城市被血红的光芒所充满，人们抬头望去，发现一个巨大而狰狞的火海突然降临在天空上，将整个苍穹都覆盖了。骇人的日珥疯狂地喷吐着，连上面的支流都看得清清楚楚。

“诱惑”变成了“复仇女神”，出现在距离天国之城只有百万千米的近处，并以大约300千米/秒的速度向城市俯冲下来。

很快，大地发出剧烈的震动，尖锐的警报声响起。智能监控系统感知到，天国城受到了突然出现的一个强大引力源的影响，被拉向了引力源。预计将在三个标准时后与其相撞。

事实上，天国城有力场防护罩以及数百个反物质发动机，如果及时打开防护罩，开动城市发动机并进入跃迁状态，是有可能逃出红矮星的魔掌的。但是这要求五名执政官的共同授权，而在“复仇女神”降临的所造成的大混乱中，一位正在参加竞选的执政官死于人流的践踏；另一名执政官无法联系到，以致延误了逃离的最佳机会。随后，天国城的温度迅速从 300K 左右飙升到 1000K，这超出了一大半种族的生存极限条件，几百亿既来不及穿上防护服、也来不及躲进耐高温建筑或飞行器的市民在高温中痛苦地死去，局面更加无法控制。随着温度的进一步升高，一些不耐热的建筑也纷纷倒塌或像蜡烛一样熔化。

停泊在城市各处的飞行器都紧急起飞，以冀逃过这场毁天灭地的大劫。空中如同蝗灾一样布满了各式飞行器，以至于大地一片黑暗，连天上的火海也一时被遮挡住了。飞行器很快纷纷相撞，像火雨一样陨落下来，将城市砸得千疮百孔。最终，大概有一百亿人成功逃生，但仅仅因为飞行器相撞而死亡的据估计就有上亿人之多。最后时刻，整座城市失重了，天与地猛地颠倒过来，万物脱离了地表，向着天上的火海“飞落”着，整座城市倒立着，向着火海深处坠去，直到化为一颗流星。而联邦政府所在的水晶球，成了率先滴向火海的完美城市的一滴泪水。一位目击者悲叹说：“花之天国就这样坠入了火的地狱。”

这一事件在历史上被称为“死星的复仇”，但是科学家的研究表明，这很可能并非那神秘力量的蓄意报复。可以确知的是，当时，某种力量在死星星系的边缘撕开了一道通向超空间的裂口，并将来犯的红矮星“吸”了进去。这道裂口与仅仅几个天文单位外的星门相互作用，导致附近的空间结构不稳，产生空间崩溃，葬送了数百万人的性命。同时，被扔进超空间的红矮星在没有引导的情况下，仍然要寻找出口，而天国城附近的星门物质能量交换最为频繁，导致明显的能量洪流，因此就被吸引过去，从那里“掉”了出来。

无论真相如何，这次失败的计划几乎毁了银河联邦，在经过二十多届政府的努力后才恢复了生气。此后，联邦将死星附近数光年都划为禁区，无论是商业考察、科学研究、宗教崇拜，还是旅游观光都一律被禁止。再一次，死星从泛银河世界的视野中消失了，直到历史变成了传说，传说变成了神话，而神话变成了——笑话。

四

在上述事件发生后不知过了多少岁月，在同一个地方，宏伟的星门已经消失不见，巨大的空间裂痕也被永恒的时间之手所抚平。喧嚣归于沉寂，万有归于虚无。古代的教堂、空间站、博物馆、游乐场都已经消失得无影无踪，这里看上去只是宇宙中寻常之极的一个角落。

但此刻，一个意外的来客打破了这个空间亿万年以来的平静，一艘孤零零的飞船闯入了这片空间，并以亚光速向着死星飞驰。这是一艘相当庞大的飞船，从头到尾有十多千米长，但看上去十分丑陋陈旧，像是一个顽童用一堆乱七八糟的铁皮随意拧成的模型，经过长期的太空跋涉，更是早已破烂不堪，看上去和太空垃圾没什么区别。不过，这个时代的宇宙旅行家一望可知，这是虫人的飞船。

虫人是一个新兴的种族，在百万年前才开始登上银河世界的舞台。事实上，大部分文明种族并不承认他们有资格进入文明世界。毕竟，它们从未掌握空间跃迁技术，它们的亚光速飞船对于各大文明种族来说慢得如同低等动物的爬行。但不管怎么说，这是一个文明种族衰落的时代，虫人这样的半野蛮民族却蒸蒸日上，自十万年前从第二旋臂中部发迹以来，它们一直在向四周扩张，每一个世代都有不计其数的巨型飞船前往附近的各个行星系建立殖民地。虫人的繁殖能力极为惊人，在几千年内，一个行星系就能达到饱和的状态，不得不将那些年轻人打发出去再次寻找新的殖民地。这种指数增长模式使得虫人已经成为几十万个星系的主人，并且对另外几百万个星系虎视眈眈。这简直是一场银河范围内的大蝗灾。有人开玩笑说，按照这个速度，再给虫人十万年时间，他们能占领整个宇宙，除非某个强大的文明种族看不下去，开展全银河系内的除虫运动灭绝它们。但虫人们也乖巧地不去触动那些古老文明种族的固有地盘，反正除此之外的空闲星系还有很多。

这个挂在第二旋臂的一个支旋臂末端的小小星系，显然就是这一拨虫人的下一个殖民目标。

此时，在飞船上，侍卫官黑背和年轻的虫后——这一批虫人的最高首领——在交欢后依偎在窗前，用精巧的复眼一起凝望那颗刚刚显出些许轮廓的小小恒星，虫人们称之为“希望之星”。

“小子，你的功夫还不错，”虫后慵懒地说，“这回本宫估计可以下两百个卵了。”

“陛下，等到您诞育御卵的时候，应该已经在希望之星的阳光下，在某个行星的平原上安置王廷了。”

“嗯，不过还得解决吃饭问题。要是那个行星上还有碳基生物就好了，我们也不用自己去搞什么合成工厂、速成作物了，可以直接捉来饱餐一顿。”虫人是一种特殊的碳基种族，它们强大的消化能力几乎能将一切碳基生物变成自己的食物。据说这十万年来他们把约三万个星球上的八百亿种生物都吃灭绝了。

提到生物，黑背忽然不说话，触角纠缠着，不自觉地做出了深思的表情。

“怎么，你还在想那个这个星系有禁制的传说？”

“是的，陛下，虽然是无稽之谈，但臣总是担心万一是真的，那么我们恐怕——”

“可是我们出发前已经咨询过好几个古老文明种族的大使，他们说这些只是可笑的传说和迷信。”

“这些人可能不怀好意，陛下。他们说不定想让我们去做实验品。”

虫后不悦起来：“这些不都说过很多遍了吗？这是个不得已的目标，附近的星系要么已经被其他文明种族占据，要么已经被其他虫人殖民，我们已经没有选择。”

“是的，陛下，但是恰恰是这一点让臣奇怪。我们虫人的殖民大军在五万年前就已经来到了这片星区，并且在其中数个星系殖民。几百代人的时间，周围能殖民的行星系几乎都被我们占光了，但为什么五万年来从来没有虫人入主过这个星系呢？我们虫人并不以历史记载见长，但是在臣查到的有限的记录中也已经有三次，我们种族的先驱企图征服这个星系，却一去再也没有消息。”

“你可能想多了，侍卫官。我们虫人的科技不发达，每次跨星系远航至少有 30% 的事故发生率，这并不奇怪。我们出发的故乡星球，也是经过好几次失败的尝试才最终征服的。那些不幸的先驱飞船，说不定是在途中就报废了。”

“但愿如陛下所言。”

一阵沉默后，虫后说：“侍卫官，有一件事情本宫可以老实告诉你，事实上在出发时，那个传说也是本宫选择这个星系的原因之一。只是怕节外生枝，所以没有明说。”

黑背做了个表示诧异的触角势。

“本宫并不完全相信这些说法，但说不定有一些根据。毕竟那些古老种族占领过的星系，比咱们见过的还多呢。本宫怀疑这个行星系很可能是某个非常、非常古老的文明种族的隐居之地，因此下了禁制，不允许其他种族进入。”

“陛下，您真的这么认为？”黑背惊恐地说，“那些古老种族可不是我们惹得起的。他们虽然对于征服宇宙早就失去了兴趣，但是不代表他们没有这样的力量。如果我们贸然闯入他们的地盘……大虫神啊！”

虫后微微一笑：“侍卫官，你何必这么慌张呢？为了整个种族的繁荣，我们虫人从来不在乎自己的区区性命。再说假设真有隐居种族的存在，经过几十亿年的时光，他们可能也早已飞升到传说中的另一个宇宙去了。”

“飞升？”

“已经有太多的种族在达到文明顶点后消失了，许多历史家认为，或许是它们巅峰的科技打开了另一个宇宙的大门。譬如古老的沙人，据说他们是这个星系的‘死星’传说的始作俑者。在只剩下神话的上古时代，他们曾经统治这个星系，但却在一夜间消失不见……他们很可能已经进入另一个宇宙了。”

“也可能他们就隐藏在这个星系……”黑背忧心忡忡地说。

“那说不定更好，想想吧，如果发现古老沙人的文明！反正这次如果失败，我们最多搭上自己的小命，损失几万人而已；但是如果成功，我们可能获得一个科技和文明的大宝库，从此一劳永逸改变虫人因为科技落后而被人鄙视、任人宰割的命运，我虫族也可不受他人的白眼，自此屹立于宇宙高级种族之林了。”

“说得对，陛下，就算是死也没什么好怕的，”黑背苦笑着说，“至少臣，那是一点儿也不用怕了。”

虫后妩媚地看了他一眼，轻轻地张开口器，伸出管状的舌头与他长吻着。黑背幸福地颤抖着，一会儿便将脑袋深深地伸进虫后那硕大的口器中，虫后将大颚与小颚合拢，咯吱咯吱几声就把黑背的脑袋咬了下来，咀嚼着吞进了肚里。黑背的身躯倒在地板上，体液从颈部喷了出来，十二条腿还在一伸一缩。

半个时辰后，黑背的整个身体都进了虫后的肚子，爱侣的血肉将成为供应给自己孩子的养料。三个多月后，孩子们就会出世。在新的行星上，捕食着本土的小爬虫、小飞虫们茁壮成长，一代又一代……虫后望着舷窗外的星空，心中充满了温柔之意。

呼叫器里传来的复杂气味打断了她的遐思：“启禀陛下，我们即将进入该恒星的日鞘层。”

虫后紧张了起来，按照古老的传说，如果该星系有什么禁制系统的话，那么很可能就在这里。她想了想，命令飞船降低速度，然后卧进了一个特殊的凹槽里，并用头顶的触须按了凹槽侧面的几个键，很快，她就被传送入了一艘救生艇中。万一发生什么事故，她也许可以及时逃生。虫后闭上了眼睛，等待着命运的安排。

飞船进入了日鞘。

一秒钟，两秒钟……差不多一分钟过去了，什么也没有发生。虫后不禁松了一口气，笑话自己如此沉不住气，准备从救生艇中出来，回到卧室中去。

就在这个时候，事故发生了。虫后忽然感到一阵眩晕，似乎有某种来自三维空间之外的巨大的震荡掠过了整艘飞船。随后信息传感器中传来表示危险的气味，驾驶员手忙脚乱地报告了几句，随即在虫人的一片慌乱中，飞船的核反应堆爆炸了，转瞬间，飞船内的一切都在毁灭性的高温和辐射中汽化。

唯一的例外是虫后。她在得知警报后，当机立断，立刻发射出救生艇，及时脱离了母船。这艘小艇是由一种特殊的材料制成，原料是一种甲虫的壳，而用的也是极为古老的化学推进方法，燃料居然是虫人所蓄养的一种巨虫的粪便，能量反应级别非常低。或许因为这个原因，她竟逃过了那无所不在的神秘禁制力量，成为数十个银河年以来，成功闯入这个神秘星系的第一个来客。当然，她自己对此一无所知。

星海之中，孤独逃生的虫后感到腹中小生命的悸动，她知道一个多月后，两百个孩子就要出世，她必须及时找到能够栖身的星球。一个个巨大的气态行星带着一串串千姿百态的卫星从舷窗外掠过，虫后都不感兴趣：救生艇上除了一些干粮，没有任何用来建设殖民地的物资，她必须找到一个本身有碳基生命的星球，才能够活下来。她暂时进入了冬眠。

一个月后，虫后终于见到了那颗蔚蓝色的行星，那个她梦寐以求的目的地。

在蓝色行星上，某个大陆的丘陵地带，日落时分，漫山遍野的蕨类植物正在夕照中摇曳。一块树干大小的子弹形物体从天而降，落在地上，砸出一个深坑，此后陷入了长久的寂静。

太阳在地平线下消失之后，繁星初现时，舱门终于打开，刚刚苏醒的虫后踉跄着爬了出来。不知怎的，她在降落的那一刻忽然失去了一切意识，昏厥了过去，无法再操纵飞船，导致飞船几乎坠毁。

"还没有完，只要我的孩子们能出世……"虫后虽然已经在坠落中身受重伤，意识模糊，却仍然坚持着想。她爬出舱外，尝试着用皮肤吸了一口气。令她欣喜的是，这个星球上的空气中含有一定的氧分，虽然稀薄得令她难受，但无疑可以呼吸。

虫后的十二条腿断了九条，爬了几步以后便无力再移动，只能平躺在地上，感受着腹中的悸动。她知道自己快死了，但几个小时后，孩子们就要出世了。孩子们出世后，以她的尸体为食物，将获得第一份养料，随后，他们总能在这个食物丰富的星球上活下去，繁衍后代，占领这个星球。

"我们虫人……什么都能吃……孩子们……一定能活下去的……"虫后意识模糊地想。

一阵地动山摇的脚步声打断了她朦胧的思绪，虫后扭过头去，惊恐地发现一群巨大的四足爬行动物迈着沉重的步子，向她的方向走了过来。虫后刚刚挣扎着滚到一块岩石后面，一个比她身体还大的脚掌就踏在了她刚才躺着的地方。然后一条颀长的脖颈伸了过来，一个和那硕大身躯毫不相称的小脑袋好奇地盯着她看了一会儿。

虫后这才发现自己的处境：在这个神秘的星球上，她看上去并不处于食物链的顶端。

好在这头小巨怪对她没什么兴趣，很快就扭过了头，自顾自地吃起了高大的蕨类植物的枝叶，显然它是一种植食动物。

不久，那群巨怪就去别处觅食了。虫后刚刚松了一口气，又被背后的一阵窸窸窣窣声所惊动，她扭过脑袋，在她的复眼中，看到了一只覆盖着鳞片、五彩斑斓、比她自己略大一点的四足长吻兽饶有兴味地盯着她，似乎随时可能扑过来。

如果有任何虫人文明的武器在手，虫后都能在瞬间把这只蠢兽轰成渣。但她手头却什么也没有，虫后只能摩擦着发音器，发出尖锐的威胁声，并挥舞着两只还能活动的上肢进行恐吓，但看来没什么效用。那怪物吐着舌头，一步步逼近，很快离虫后只有不到半个身体的距离了。它张开嘴巴，露出了满嘴的獠牙，然后扑了上来。

就在这时，虫后在绝望中猛地张开了受伤的翅膀，体积一下膨胀了三倍，居然扑腾着飞了起来。怪物没想到眼前这只大虫子还会飞行，这回被吓坏了，扭头一溜烟地跑了。虫后挣扎着想要飞到一个安全的地方，但是刚扇动了几下翅膀就掉了下来，这个星球上的空气还是比母星稀薄很多，成分也不同，无法供养她的身体。

精疲力竭的虫后躺在地上，仰望着陌生的星空，分不清楚自己的母星在哪里。在遥远的宇宙中，她的同胞们在万千星球间往来，但是没有人会来救她。这个行星系好像一个巨大的黑洞，将它自身和文明世界分开，在这里所发生的一切，在外面的人看不到，也听不到。

虫后熬到了第二天的黎明，看到了被自己的种族称为“希望之星”的那颗恒星第一次在自己梦中行星的表面上升起。日出后不久，虫后就感到腹中一阵悸动，孩子们要出来了。但不知什么时候起，她发现自己身边已经围了一圈奇怪的小蜥蜴。它们虽然都有四肢，但是却只用后足站立，颀长的脖颈撑起了灵活的小脑袋，弹来跳去十分灵活，并且都用垂涎三尺的目光盯着她肥大的肚子。

虫后几次发出威吓的声音和动作把它们吓退，但是一次比一次微弱。它们围成了一圈，偶尔发出“吱吱”的叫声，对虫后蠕动的腹部非常感兴趣。终于，从虫后的腹孔中，一只几厘米长的小虫人露出了脑袋，好奇地盯着外面的世界。

“我的……孩子……”虫后欣慰地想，抬起复眼，努力想看清楚孩子的模样。

但小虫人也吸引了那些蜥蜴的注意。这时候，一只胆大的小蜥蜴跳上了她的腹部，一口叼起了还来不及爬出来的小虫人，仰头吞了下去。虫后只看到孩子幼嫩的身体在蜥蜴的嘴里晃动几下，就消失了。

“不——”虫后发出了疯狂的嘶吼。

但是尝到甜头的小蜥蜴们已经不把她的警告当回事了。更多的小蜥蜴跳到她身上，用嘴咬开了她的肚皮，黑黄色的内脏和白花花的卵流了一地。小家伙们发出兴奋的声音一拥而上，低头大嚼了起来——一切都完了。

在可恶的小爬虫们啃掉她的脑袋之前，虫后还一直活着，睁着眼睛瞪视着刚刚出现在地平线上的死星。现在，所有的希望已经破灭，她脑中只有一个最后的问题：在这个神秘的星系中，在这个古怪的星球上，究竟隐藏着怎样的秘密？

无论如何，她永远也不可能知道了。

五

亿万年的时光悠然流逝。在数不清的世代中，新的银河帝国出现了，又很快消失得无影无踪。一个个新的种族从时间洪流中涌现出来，登上泛银河世界的历史舞台，又以同样的速度离开。苍茫寰宇，并无新事。

然而，在看似纷扰无常的变易中，一个历史性的趋势逐渐显明：泛银河世界日益趋向衰落。旧日的文明体系一个个衰亡或消失，而新的智慧种族越来越少，其成就也无法攀登到过去的高峰，古代那种可以称雄整个银河系数千万年的伟大文明早已不复再现，往往在几万年甚至更短的时间里，一个新兴的文明种族，或许还来不及跨出自己所在的旋臂，就消失不见了。

那上古的“死星”索莱斯，在最近的几千万年中，已经无人骚扰。在蔚蓝色行星上，盛极一时的巨大爬虫类消逝了，将生存空间让给另一种小得多的、用乳汁哺育后代的胎盘动物。它们很快繁荣起来，占据了天上、地下和海里的生态位的各个角落，万物来来去去，生命按照既定的速率进化着。

终于，在某块大陆的一条大裂谷中，有一些灵活的猴子从树上下来，学会了直立行走。他们发明了语言，制造了工具，学会了用火，顺便也褪去了一身的皮毛。不久，这些裸猿们从裂谷出来，很快散布到这个星球的各个大陆上。一个个狩猎－采集部落操着日益分化的语言，在森林和草原上东飘西荡，最初的礼仪、伦理、宗教、犯罪和战争也随之出现。当泛银河世界日益萧条冷清之时，这颗小小的星球却变得史无前例地喧闹起来。

就在这一时期，泛银河世界走完了漫长的衰落之途，陷入了彻底的沉寂。在整个银河系中，在十万光年的尺度上，除了蓝星上刚刚学会仰望星空的裸猿之外，再没有任何智慧生命存在的迹象。不知为何，一切生命的痕迹都已经消失，一切文明都归于寂灭。诚然，许多城市的建筑仍然存在，无数的飞行器仍在太空漂泊，但是其中再没有任何生灵活动。只有冷冷的星光还在照亮着这些昔日世界的遗迹，若干亿万年前发出的电磁波还在无尽的宇宙空间中飞奔着，向那光锥之外的广阔宇宙宣读那早已时过境迁的信息。

过去的事，无人纪念；将来的事，后人也不会追忆。

但宇宙的这种奇特沉寂似乎比蓝星上的喧嚣与骚动更加意味深

长。在千万年的沉寂中，似乎有某种东西，某种超出银河文明能够理解的东西，正在耐心地等待着……

等待着最佳的时机……

某一个平平无奇的时刻，这时机终于来了。猛然间，整个银河系似乎都被某种东西震荡了一下。突如其来地，似乎在星系之“上面”的另一个空间，一个巨大的水坝打开了，无穷无尽的神秘之水流溢出来，将银河系的千亿颗恒星都淹没在无边的神秘之海中。这种无限充沛的力量和智慧，这个星系之前还从未感受过。

几乎不需要花费任何时间，那无限的神秘之水就从整个星系汇聚到了一点：离死星大约一光年外的彗星云层中。在那里，它将整个星系的一切都收入其神识之中。刹那间，那远古的神祇在日鞘处所安排的各种监察系统、防护体系和空间陷阱都落入这一意识之中，被一一破解。守护了亿万年的秘密已经不复存在，神识在自我满足的愉悦中发出了一个指令。转瞬间，神识的洪流已经穿过了一光年的距离，来到了死星星系不可侵犯的内部，并将那颗蔚蓝色行星包裹在它的意识之海中。

“银河系最神秘的禁地，我终于来到了这里。”那神识开始自言自语，又像是在对某个对象说话。这伟大的独白突破了时空的限制，在泛银河世界每一个角落里回响着，却无人去聆听。

“在二十多个银河年的洪荒岁月里，这个小小的蓝色星球，是银河系中最大的秘密。从没有任何力量能接近它、了解它、研究它、征服它。多少商船在这里消失不见，多少战舰在这里折戟沉沙，多少个官方和私人的探险队一去不返。这远古以来的禁制，从来没有任何文明民族能够了解和打破。是怎样的大能，布下了这样威力无边的防护系统？是怎样的智慧，可以轻易挫败任何智慧种族的进犯？是怎样的耐心，花费不可思议的漫长岁月，守护着这小小的星球？

“这一切只有您能做到，啊！伟大的神。神啊，我向您致敬。

“我曾被称为沙人，是这个星系除了您之外最古老的文明。二十多个银河年前，我们沙人一度是整个星系的主宰。整整一个银河年之久，我们都是这个星系当之无愧的主人。从我们自身的上古时代起，就知道了死星索莱斯和它的禁制，古人曾把它记载在宗教经典里，一代代人对此尊奉不疑，我们知道这是我们无法逾越的伟力，绝不敢触犯。我们崇拜您，神啊，您是我们唯一知道的，超越我们自身的力量，虽然对您，我们仍然一无所知。

“但神啊，从那遥远的时代起，我们的心中就播下了挑战您的种子。战胜最高神明的梦想，从未在沙人的意识中消失。在我们文明的鼎盛时期，我们终于敢于违抗圣书的旨意，发动了渎神的战争，我们一度收集了上百颗恒星的能量，疯狂地轰击着这个星系；又将银心中的超级黑洞搬运到死星附近，妄图能将它及其行星都吸进那无底深渊；还制造了恒星规模的反物质炸弹，其湮灭反应足以毁灭小半个银河系……但我们的狂妄进攻，在您的大能下，瞬间便灰飞烟灭，在死星星系上连一丝涟漪都没有留下。那一刻我们才了解了，在您的力量面前，我们的一切成就都像虫豸一样微不足道。

“您的伟大典范教导了我们。外在的权柄毫无意义，唯有提升内在的力量才能获得不朽。随着时间的流逝，我们逐渐厌倦了在宇宙中的殖民扩张，而将注意力转向自己的内心。终于有一天，我们停止了一切征服宇宙的尝试，而将全部的精力用来沟通彼此的心灵，每一个心灵对他人来说，都是一个新的宇宙，每一次心灵的交融，都相当于一次文明的提升。而当我们将所有的沙人心灵都合为一个整体的时候，我们相信，自己终于跨入了神的行列。我们——不，‘我’再也不需要肉体，就能够以纯粹意识的形式从星系的一端飞跃到另一端。我用

意识拥抱着整个银河系。

“在这次飞跃之后，我花了十来个银河年冥思这个宇宙的奥秘，来提升自己的心灵，这几乎是无限漫长的岁月，但对思维的心灵来说，又仅仅是一瞬间。终于有一天，我终于明白了这个宇宙最深层的奥秘，也明白了诸神创造沙人的目的。我的存在，就是为了将整个星系的生命，所有智慧的和原始的意识，都融为一体。当这一崇高的目的最终达到时，银河系本身将成为一个智慧生命。我就将成为它的意识本身，从此直到永远。

“领悟到这一切之后，我在这个银河系中伸出意识的触手，去拥抱一个个文明，让它们和我融为一体，成为我的一部分。请不要误解，神啊，这一切完全出于自愿，毫无强迫，当一个文明发展到一定阶段，就会接触到我的意识，他们将我视为神明，而诚惶诚恐地愿意侍奉我，和我融合。没有任何毁灭，没有任何死亡。每一个文明中的每一个生命都在我之中。他们只是一时失去了意识，而当他们醒来的时候，他们就会发现自己已经成为‘我’。我就是一切，一切也就是我。

“历经亿万年的光阴，一切的文明已经和我融合，一切的意识融汇为一点。我不再是沙人，也不仅仅是单个沙人的融合体，我是四百二十三万七千六百二十九个文明种族的总和与凝聚，是二十五个银河年的岁月结晶，甚至可以说我是这个银河系的意识本身，只除了你，神秘的神啊。最后，我终于来到你面前，在二十个银河年之后，我仍将和你做最后的对决。我要深入你深藏的内心，了解你至深的奥秘，最后和你融为一体。请允许我这样的僭越，神啊。”

在完成了这一系列的自白和宣言之后，银河系的至高神识静静地等待着回复。但回复它的，只有一片寂静。纵然将神识蔓延到千万光年外，甚至超空间中，也一无所获。

神识微微波动着，在无边智慧的思维场中，泛起自嘲的波纹。

“果然如此。正如我所预料的，远古的神族早已死去，留下的只是无意识的自动防卫系统而已。这是一场根本不用打就已经胜利了的战争。

“但是，防卫这个小小的星系，更确切地说，是这颗小小的蓝色行星，有什么意义呢？这里的生命，看上去平平无奇……无论如何，这个秘密我很快就会知晓。”

神识将无数的触角伸向这个行星，想要探索那古神最后保守的秘密，却被一道无意识的深渊所隔开，根本无法触碰到数万千米之下行星的表面。

“原来如此。”神识释然地明白，“古神的最后一道禁制，超波屏障。”

“不久之前，我还无法对付这种超级技术。然而现在，一切早已不是问题。本质上，无非是用紊乱的超波干扰有秩序的意识波流。找到干扰源，一切就迎刃而解了。”

神识冷笑着，略微探索了一下，便在十一维空间中找到了超波的来源，并轻轻一划，将其抹平。牢不可摧的意识屏障消失了，现在，这颗行星对它已经完全开放了。

神识志得意满，向着小小的行星沉降了下去。几乎不需要任何时间，它就能将这个行星上一切意识都掌握在手中，让它们和自己融为一体。这是它早已反复操练过几百万次的。

然而，什么也没有发生。

当神识从兴奋中回过神来时，发现自己仍然在“沉降”的过程中，却几乎一丝一毫也没有移动。它诧异地又做了一次尝试，结果依然如故。觉察到不可测危险的神识立刻想从中抽身出来，在刹那间瞬移到银河的另一边去，可是仍然无用，它根本无法改变自身的任何状态。

一切都“僵住了”。

神识很快察觉到了问题所在：僵住的不是别的什么，而是时间本身。

更确切地说，是时间对它僵住了，它那无限丰富而迅捷的思维被禁锢在了一个几乎无限小的时间缝隙里。那可以毁灭星系的伟大力量，都因为依赖于时间的维度而无法施展。

超空间跃迁、微空间变形、不连续时空转移……一切的尝试都归于失败，整整十亿年以来，神识第一次感觉到了“愤怒”。不久又感受到了“恐惧”“无奈”和“绝望”。经过数十亿年的岁月，它在那神秘对手面前，还是无力得有如婴孩。不知所措的它甚至发出了惊惶的乞求，却得不到任何回应。

然而不久后，“信心”拯救了它：神识相信自己拥有无限的生命，它可以等下去。真正的决战尚未开始，它要平心静气，在未来和神的对决中积蓄力量，准备反击。它将自己的意识活动降低到最低状态，耐心地等待着时间禁锢的失效。对于这种休眠状态来说，亿万年的岁月，也不过是一霎而已。

神识的估计没有错，它的煎熬并不是无限的，而只经历了一段“有限”的时间。

但这段主观体验中的时间，漫长得连拥有数十亿年生命的神识都无法想象。如果将那段时间比作漫长一生的话，那么将那数百万文明中的数万亿个体的心灵曾经体验的全部时间加起来，也仅仅等于这一生中的一秒钟，甚至更短。

即使是伟大的银河之神识，也无法承受如此漫长的等待。在无穷无尽的等待中，它终于崩溃了、麻木了、忘却了……

当时间禁锢终于消失，那伟大神识最终接触到蓝星的地表时，它已经丧失了一切的记忆、智慧和雄心。事实上，时间的流逝还不到一秒钟。而银河所产生的最伟大力量却已经支离破碎，再也产生不了任何威胁。

那一刻，沧海桑田。

不知什么时候，周围起伏的生命场让这曾经主宰银河的神识微微醒来，在模糊的知觉里，它用尽最后一丝力量抓住了附近一个原始的意识，想要吞并它来恢复自己。但本应智慧无边的神识却在昏聩中忘记了，自己早已孱弱到了极点，这种举动和自杀毫无区别。两种意识甫一融合，神识那脆弱的信息场就被野蛮而强健的原始思维所摧毁。转瞬间，这个曾经是银河系中最强大的力量，就被吸纳进了那懵懵懂懂的原始意识中。

在一个人人披着兽皮、拿着石斧的狩猎小队里，一个青年猎人忽然停下了脚步，捂住了头，神色痛苦而茫然。

“你怎么了，罕？”同伴诧异地问道。

罕迷惘地抬起头，努力思索着，望着天空。

“没啥，就是有点儿头晕。走吧。”他最终说，大步流星跟上了队伍。

在以后的生活中，罕添了一种奇怪的毛病，有时候会望着星空发愣，说些自己也不明白是什么意思的话。

“好像俺前世生活在天河上面，曾经活过好多好多辈子。从一颗星星飞到另一颗星星……”他有一次发傻说。村里的巫师以为他要抢自己的饭碗，于是宣称他中了邪，绑起来狠狠鞭打了一顿，打得他连连求饶才作罢，从此他多了一个绰号——“天上来的罕”。这个绰号相伴了他终生。

不过在他以后三十多年的生活中，他先后娶了三个老婆，生了五个儿子和四个女儿，生活宁静而幸福。罕五十多岁的时候，在一次狩猎中，被一头豹子咬伤而突然去世，这是一个猎手光荣的归宿。家人们带着平静的悲伤埋葬了他——以及整个银河系四百多万个种族五十亿年的光荣与梦想。

六

一万九千个蓝星年过去了。行星的表面发生了翻天覆地的变化，首先出现的是农业，昔日覆盖大部分陆地的森林相继为整齐划一的农田所替代，随后一座座城市拔地而起，一条条道路贯穿大陆，一支支船队扬帆四海。不久，烟囱林立、黑烟缭绕的工厂也一座座兴建起来，火车、轮船、飞机等迅捷的交通工具也像雨后春笋一样地冒了出来。然后，在几次覆盖行星表面的血腥战争后，战后的蓝星人将注意力转向了太空。继发射了人造卫星后，他们一鼓作气在近地轨道上建立了空间站，并登上了三十八万千米外蓝星唯一的卫星。

蓝星文明产生和发展的历史岁月，在泛银河世界中实在短暂得可怜，还不够蜉蝣一般的红超巨星一呼吸的时间。如果将泛银河世界历史上的诸伟大文明比作成人，那么蓝星文明连婴儿都算不上，充其量是刚刚形成的胚胎。但所有昔日的文明种族都已经沉寂，泛银河世界已成为无人记忆的往事。这些年来，在银河系的各个角落，又有几百个新的智慧种族进入了初级文明，挣扎着飞出了自己的行星。他们对过去几十个银河年的往事一无所知，只是满怀雄心壮志，要去征服万千星河，探索宇宙最深的奥秘。蓝星人也是其中之一。他们浑然不知自己曾是这个恒星系最受人关注的存在，只是对外部世界充满了好奇，正如外部世界曾对他们充满了好奇一样。

蓝星历2075年初夏，整个蓝星都把目光凝聚在近地轨道的一个闪烁的光点上：这个星球上的第一艘载人恒星际飞船，质量达一万三千吨的“星火”号已经在太空站组装完成，将在今天出发，带着十一名宇航员，飞出这个行星系。它带着一个近十万平方米的太阳帆，将借助死星的光压和各大行星的引力加速，最终以3%的光速飞向距离蓝星十二光年的一颗恒星，并在四百多年后到达那里——已经探明，这颗恒星带有数个和蓝星相似的行星，很可能有生命的存在。在这四百年的旅途中，十一名宇航员将进入冬眠，直到进入目标星系才会被唤醒。他们将在那里根据具体情况，进行若干年的探测并补充燃料，然后又踏上四百年的归途，在八个半世纪后才会回到家乡蓝星。

这个宇航计划是星球上的一个刚刚复兴的古老大国所开展的。它曾在全国范围内引起了巨大的争议，耗费数千亿的资金，却至少要等到四百多年后才可能看到结果，看上去缺乏实用意义。何况人类几乎肯定会在接下去的几个世纪中造出更新更快的飞船，可能只要几十年就能到达目的地，那么之前的四百年远航就更是毫无意义了。反对意见一度占据了上风。对这个计划来说，幸运的是，一位名人的一句话拯救了这个计划，他说：“宇宙召唤着我们。我们不能等到一切都准备好了才开始，否则我们永远也不会开始，现在，就必须开始！”

打动人们的并不是这句话的逻辑力量，而是说话的人。他是在全国家喻户晓的一位科幻作家，他的作品风靡全国并被改编成多部电影。他的支持扭转了舆论，点燃了埋藏在这个国度心灵深处的探索激情，为太空计划争取了近亿名支持者。于是一切在艰难中起步了，在二十多年的筹备后，终于，“星火”号吐着光焰，载着十一名宇航员，飞向人类从来未曾涉足过的宇宙深处。五十亿人通过全球直播观看了人

类第一次飞向外星系的壮举，整个星球为之欢呼。

日落时分，在一座海滨城市的假日海滩上，许多人伸长脖颈看着天空：根据计算，“星火”号将在出发后十分钟经过这座城市的上空。很快有人看到了飞船的踪影——一个迅速移动的闪烁光点——并兴奋地指点给身边的同伴，人群一下子沸腾起来，向着天空招手欢呼。安在周围的摄像机将他们的动作拍下来，通过无线电波传到飞船上，宇航员们也亲切地挥手致意，向同胞们问好，这些画面又随着无线电波传回到大地，显示在海滩旁竖立的电子屏幕上。

在离喧闹的人群几百米外，一个容貌普通的中年男人躺在海滩上，仰望着在天上移动的飞船，神情恍惚，似乎陷入了沉思之中。

“嗨，帅哥，在想什么呢？”一个娇柔的声音打断了他的遐思。男人回过头，看到一个金发碧眼的泳装女郎走到他身边，半蹲下来，亲昵地拍了拍他的肩膀。她的胸部几乎要碰到男人的脑袋。

中年男人略微一怔，但目光一闪，已经认出了对方，扬了扬眉毛说：“凯蒂，是什么风把你吹来了？”

“来看看老朋友不行吗？张，你可说过，随时欢迎我的。”

“当然欢迎了，不过没想到你是……这身打扮，真是诱使男人犯罪。”张打量着她。

女郎咯咯笑着：“你想做点儿什么呢？我随便啊。你知道我很喜欢跨种族性爱的哦。”

张耸了耸肩：“得了吧，凯蒂，咱们又不是没试过，那滋味可不好受。”他上身坐起来，指着身边的一瓶啤酒，对女郎说：“来点儿吗？”

“免了吧，”女郎忙摆手，“你们碳基生物们的饮料我是永远无福消受的。”

张笑了笑，自顾自地斟了一杯酒，一饮而尽，说：“是长老会让你来的吧。”

“张，他们需要你，特别是需要知道研究的进展。你也知道，时间不多了。”

“我知道，我很快会回去向他们报告的。实际上，我打算明天——就是这颗恒星（他指了指落日）再度升起后，就动身。”

“这么快？我以为你还会在这个星系再待一段时间呢。”女郎有些诧异地说。

“没必要，我要做的都已经做完了，一切已经结束了。今天，是我留在这里的最后一天。”

女郎在他的身边坐下来，说：“是吗？让我猜猜，是不是和那艘原始飞船有关？”

张没有正面回答，又倒了一杯酒，饮了一口后才慢慢说：“凯蒂，我们认识也有上百亿年吧？我从来没有向任何人说过我的过去。你想听吗？”

“我也没有说过我的过去啊，”凯蒂咯咯笑着说，“今天我也可以告诉你这个秘密，要不要听？”

“好啊，那你先说吧。”张笑着说。

“我诞生在一片星系间的冰冷云团里，在纯能化之前，我的躯体是一种八足三头的硅基节肢虫，要多丑有多丑，而且没有智力。说白了，我们根本不是一个智慧种族。”

“没有智力？开玩笑。你为长老会解决了十多个重大的基本数学问题！”张有些惊讶。

“真的，”女郎叹息着说，“我的种族没有自身的智力，但有一种奇特的学习能力，能够迅速模仿其他种族的思维方式。也就是说，当没有文明种族来造访我们的时候，我们只是一群低等动物；当有外星球的客人来的时候，我们就能迅速获得和他们一样的思维能力。”

“是吗，你的种族真是不可思议。”张赞叹说，“不过这也没什么啊。”

“是啊，本来是让人羞耻的过去，不过纯能化以后，这些都意义不大了。”凯蒂说，“我想你的过去肯定更有意思一点儿。”

“多谢你分享你的秘密，”张笑着说，“其实我的过去也很简单……某种意义上，我的过去，就在这里。”

“你不说我也能猜到一些，”女郎说，并指了指周围的人群，“这些就是你曾经的世界，你曾经的星球，你曾经的同胞。至少看上去是如此。”

“哦？你怎么知道的？”张有些讶异，“上次你来的时候，这个星球上没有出现多细胞生命呢。”

“这也并不难猜，”凯蒂微笑着说，“八十多亿年之前，你看中了宇宙中这个最偏僻的星系，将它当成后花园。一次次摆弄调理它的形状，直到让你满意为止。然后你从这里的一片星云中培育出了一颗恒星，位置、直径、质量、光度等参量都经过精心设计，并且创造了若干颗行星，每颗行星的大小、结构和轨道都有精确的安排，仿佛是依据某一个样板来的一样。然后你设下层层禁制，不允许这个星系中的任何力量接近这个行星系，特别是这颗蓝星。

“虽然整个宇宙中没有人知道你在这个行星系里做什么——长老会的人也不便过问——但一定和这颗行星上的生命有关。我想你也精心设计了这个星球上的生命体系，并且安排好了特定的进化路线。为的就是进化出这些无毛两足动物，你昔日的同胞。”

“没错，”张说，“不过你怎么能看出来这些人是我的同胞？”

“我们可有几十个银河年都在一起共事，不要忘记我能学到你的思维方式。这些年你变换过亿万种三维形象，大概只有两三次是以这种生物的形象出现的。但你知道我为什么对这个形象印象尤其深刻吗？因为每次当你以这种形象出现的时候，都是特别庄重或者肃穆的场合。所以我猜到，这大概就是你本来的样子。这次来到你的后花园，看到了这个和当初的你一样的种族，更让我彻底明白，为什么你如此偏爱这个小小的星系。你……是在复制自己的故乡吗？”凯蒂说。

“没想到你是我的知己，”张沉默了一会后说，“你猜得不错，我出生的那个世界和这个世界的这个时代十分类似。我的同胞们逐渐从蒙昧的时代觉醒，科学和技术进入了突飞猛进的时期。人类刚刚迈向太空，但绝大多数人还生活在行星表面，我们的生命短暂得像μ子的半衰期，从来也不敢梦想自己有朝一日能永生不死，在群星间往来。”

此时，太阳已经落下去了，在深蓝的夜幕之上，夏夜的群星初上，熠熠发光，组成各种美丽的形状。

“看这些星星，”张微有醉意，说：“我特意将它们安排成和故乡所能看到的一样的形状，每次看到都让我想起童年。可惜这个世界的人类给起了一些稀奇古怪的星座名称，全给糟蹋了……当我还是一个孩子的时候，就拿着粗陋的望远镜，仰望着星空，渴望着有朝一日能够在群星间翱翔。后来，对宇宙的兴趣让我成了一名天体物理学家，可以研究群星的秘密。可是我仍然在大地上，过着普通人的日子。

“就在我找到了未婚妻——就是共同抚育后代的家庭配偶——并打算结婚的时候，一个星际探险的计划正式展开了。听到消息后，我的血液都要沸腾了，觉得自己终于找到了人生的目标，立刻去报了名，并且顺利入选。为此，我和家人、朋友、未婚妻都闹翻了。但我毫不后悔，毅然决然地踏上了飞向星际的征途。

“就这样我离开了故乡，第一次进入太空，看到了自己居住了二十多年的大地变成一个蔚蓝色的球体，然后越来越小，变成一个蓝色的光点，最后消失在视野中。随后我冬眠了五个世纪，当我醒来的时候，发现航行出了意外，飞船发生了机械故障，大多数船员的冬眠舱损毁，他们都死了。活着到达目的地的只有我和另外一个宇航员。幸运的是，这里居住着一个文明高度发达的智慧种族。他们友好地接待了我们，并且教给我们许多先进的技术，譬如生命无限延续和超空间跃迁的能力。从他们那里，我们第一次听说有泛银河文明的存在。

“十多年后，我们驾驶着改装后的飞船满载而归，并且通过瞬间的跃迁，比预定时间提前了五个世纪回到故乡。但是我们看到——我永远不会忘记那恐怖的一刻——那蔚蓝色的故乡已经不复存在，取而代之的是一个破碎的半球，熔岩覆盖着大地，周边还围绕着一个由喷射到太空中的地幔物质形成的一个环。一切文明——不，生命的迹象都已经消失。其他各大行星也都七零八落，面目全非。从某个人类太空站残留的信息中，我们才知道，在两个世纪前，有一个野蛮种族的殖民舰队来到这里，把所有的行星都掠夺了一遍。我们的故乡星球尝试进行抵抗，结果在瞬间被摧毁了。”

“我很为你难过。”

“这其实也不是什么稀奇的事，”张叹息说，“根据统计，在任何一个星系里，一个有生命的星球能够不受干扰地产生出星际级文明的概率只有0.72%，绝大多数都因为各种自然或人为的原因被扼杀了。只是我的同伴无法接受这一事实，不久后就自杀身亡。我也几乎要发疯，险些走上同样的道路，只有复仇的念头让我坚持活了下去。我携带着飞船上保留下来的有关故乡的全部信息，回到了那个外星文明种族那里，他们收容了我。我在那里居住了几个世纪，如饥似渴地学习各种知识和技术。后来，我跟着另一个文明种族的大使，去了星系另外一头游历了十万年。从此，我就在整个星系中过着游荡的生活，从银盘的一边到另一边，有时在一个原始星球上茹毛饮血地住几千年，有时又跟着某支舰队闯荡未知的旋臂。从程序员到行吟诗人，从国家元首到星际海盗，我统统都当过。

"但是我再也没回过自己的故乡，我不敢再见到那惨绝人寰的景象。一百万年后，我最终找到了曾经毁灭我的故乡的罪魁祸首，但那个种族早已经灭绝多年了，复仇自然不可能了。我不知道自己还能做些什么。生活令我厌倦，我尝试着融合进其他种族的意识中忘却自身，但几百万年后又脱离出来。我始终无法摆脱记忆的纠缠，于是我最终决定尽一切努力，让那古老的故乡重新复活，如果不能复活，就创造一个新的故乡。

"我走遍了整个星系，访问了千万个伟大的文明，但是没有任何智慧和力量能做到这一点。于是最终我飞出自己的星系，去访问宇宙中亿万个其他的星系，那时候我根本不知道中央世界的存在。在一堆蚂蚁窝之间转悠，还傻乎乎地以为在遍游宇宙，真是井底之蛙……十来个银河年后，我才终于到了中央世界，一切又从头开始。后来的事，你大概知道了。阴差阳错，我得到了长老会的赏识。"

"这不奇怪，长老会一直想解决时间之矢的问题，让宇宙延续下去，却陷入了思维的僵局而无法自拔，你的新颖提议令我们感到振奋。"

"我并不是天才，凯蒂，并不比你或者其他智者更聪明。事实上，是我比你们都笨，还保留了太多的原始思维和情感，所以才可能看到某些你们忽略了的地方。因为你们一直想的是怎么逆转熵，也就是逆转时间的方向，我知道此路不通，我自己已经琢磨了多少个银河年而一无所获。所以我告诉你们，唯一的方法是创造一个新的宇宙。在那个宇宙中创造新的世界。但怎么能做到，我也没有办法。"

“不管怎么说，你提出了许多有价值的设想，包括最关键的超统一方程式的一些重要部分。所以长老会才不吝送给你一个星系。要知道，在这个宇宙中已经有 90% 的星系都熄灭了，现在充满年轻星体的星系可都是稀缺资源了。”

“对我来说，这是必需的。唯有在这里我才能感到内心的平静，获得思维的灵感，否则我无法工作。”

“不过我还是不明白你为什么要花几十个银河年重复漫长的进化过程。你绝对有能力直接将你的种族创造出来，并教给他们文明。这不是更方便吗？”凯蒂问。

“我曾经试过，在最初得到这个星系的时候就试过。我创造了和我形体一样的种族，并教给他们文字和科学。他们曾经像对神一样崇拜我，但是他们是无根的种族，没有历史和传承，也不懂得艺术和美，他们根本不像我的族人。他们对待生命的态度，交配和繁殖的模式，以及社会的阶级构成都让我感到陌生。就在这时候，我去了中央世界一段日子，等我回来后，他们已经变成我几乎认不出的怪物了。他们自称为‘沙人’，自以为是神的子民，是这个星系的主人，征服了万千恒星。我最终放弃了他们，决定从头创造一个新的故乡世界，通过一丝不苟地重复漫长的进化史让我的世界复活。反正还有几百亿年的时间可以消磨。

“我耐心地在这个星球的原始海洋中播下生命的种子，让它们按照我控制的速率和方向去进化。我按照自己知识中的进化过程，让这个星球重演了上百亿年前、宇宙彼端的另一个星球的进化历程。我并不急于让智慧人类再现：我已经等待了几十个银河年，不在乎多等几十个。有时候我甚至希望他们不要那么快出现，我享受的是这个历程，这种期盼，这种希望。

“不过时间还是一眨眼就过去了，二十多个银河年，就好像二十多天一样短暂。最终，我的同胞们复活了。的确，我希望能完全复原那早已逝去的古老文明，为此我甚至安排这颗行星的大陆形状都和我的故乡一样，但是并不成功。历史与文化中充满了混沌效应，我既无法回到开端的原点，也没法控制历史的具体走向。最后，他们仍然走过了不同的历史，讲着不同的语言，建立不同的国家，那个过去的世界，永远不可能再现了。他们并不完全像我的同胞，漫长的进化过程和迥然不同的历史发展赋予了他们太多不一样的地方。

“但在这个世界深处，还是和那旧世界有一些共同之处。他们的一言一行常常令我感到亲切，我能够理解他们，他们虽不算我的同胞，却是我的苗裔，我的子孙。我照看了他们整个历史进程，但如今，他们的宇宙飞船也已经驶向外星球。他们长大了，不再需要我的保护。在这个银河中，他们目前也不再有强敌，该是我离去的时候了。”

“我想我理解你，张，”凯蒂若有所思地说，“但是又不是真的理解。我能理解你，是因为我能学到你的思维方式。但是永远只是表面的，而无法深入那最深刻的内核。我的种族没有自己的文化，我们的文化和思维都是从其他文明种族那里学来的。所以我们是一个无根的种族，没有自己的认同，所以我实在无法真正明白你对自己那已经灭绝了亿万年的种族的眷恋。你看，我就是一个永远向前看的人。自从离开了家乡后，我根本没想过要回去。我现在也不知道那里的同胞究竟怎么了。反正每一个文明种族都会衰亡，这是宇宙间永恒的规律，我想，只有放弃自己特殊的种族认同、特殊的生活记忆、特殊的历史与文化，投入宇宙的变易洪流之中，才能与时俱进，永葆青春。”

张笑了笑，说：“是的，我也很欣赏你的生活态度，甚至可以说是羡慕，这是我无法做到的。不过你有没有想过，这个宇宙也会衰亡的。

到宇宙衰亡的那一天，除了记忆，我们还有什么？如果记忆对你没有意义，那还有什么是有意义的呢？”

这话让凯蒂愣住了。

“我没有仔细想过这个问题，”沉默一会儿后，凯蒂终于勉强地说，“这个念头多少让我不快。不管怎么说，我的信仰是天无绝人之路。达到永生那么多年后，我已经无法想象死亡了。这也就是我来这里找你的原因，你现在在超统一方程式上有多少进展？老实说吧，我已经等不及要去那个即将出现的新宇宙中享受人生了。”

张露出了一丝古怪的笑容：“你一直就想问这个，不是吗？我确实取得了一些进展，但也许并不是长老会所希望听到的。不过今天，我不想讨论这些问题。你也不用着急，没多久之后，我就会在中央世界向那些满脸苦相的长老们报告了。今夜还是让我们来看这美丽的星空吧。”

此时，夏夜的星空已经完全浮现，繁星漫天，一条天河横贯天顶。一个个星座流光璀璨，神秘的星云若隐若现……在这个世界的人们眼中，这一切有说不出的深邃美丽。但从凯蒂的眼中看来，这幅景象像路边水沟里的泡沫一样平平无奇。她撇了撇嘴。

“我想这是属于你一个人的星空，”凯蒂礼貌地说，“我不打扰你欣赏夜景，先一步走了。一会儿回中央世界再见吧。”

张点点头，没有说话，做了个告别的手势。凯蒂微微一笑，站起身来。一刹那间，她的身体划过一道复杂得无法形容的曲线，一下子消失在地平线之外。当然，这是旁人看不到的。

夜深了，狂欢的人群逐渐散去，海滩渐渐沉寂下来。

张手中端着半杯酒，凝神注视着天空的一个角落，目光发亮，良久不动。

用一般种族的眼睛来看，那个天区是一条璀璨的银河，数不尽的恒星像大街上的灯火一样照耀着这个欣欣向荣的星系，把弥漫于空间中的星际尘埃和气体云渲染成一道道绚丽的霓虹。然而在张的注视中，那些纷繁的恒星和星云全都消失了，整个星系都被他甩在身后，他面对着广袤无边的永恒黑暗。

张调整了一下自己的视力，刹那间，那些数百万、数千万光年外的星系都像是被张的目光所点亮，串成长长的一丝丝、一缕缕的星系簇，像在黑暗空间飘飞的杨花。其中任何一片天河都是由上千个星系组成的，而随便某个星系就有这个银河系的规模，包含上百亿颗恒星和数以百万计的智慧文明。他们有的正在整个星系内昂首阔步，以为自己是整个宇宙的主人；有的刚刚从冰封的地层中破土而出，呆呆地凝望着天上的星空；有的早已衰老得奄奄一息，乘着破旧的幽灵船队漫无目的地游荡在群星之间……

不过这一切，张都不感兴趣，他眨了一下眼睛，那些星系簇又统统熄灭，他的意识沿着目光的轴线，飞越无边的空间和百亿年的时间，一个个星系出现又消失，像不断被掠过的路标一样指向那早已消失的星系。终于，那个小小的光点出现在他的虚拟视网膜上：古老的本星系团。张很快从中辨认出了那个远古的、真正的银河系，一百二十亿年前的银河系，正在一百二十亿光年之外熠熠发光。那小小的一点微光，像一只濒死的萤火虫，而曾经有多少代人以为那就是整个宇宙本身。那么，那个过去的太阳呢？张试图辨认太阳系的位置，却无法从银河系那朦胧的光斑中分辨出任何单独的恒星来。张自嘲地笑了笑，纵使他有神的大能，也无法从这一点微光中看出旧日太阳的灿烂阳光，更不可能认出在太阳的庇荫下泛着淡淡的蔚蓝色光辉的行星。虽然他知道，他所看到的那一点点微光，必然蕴含了一百二十亿年前，那尚未毁灭之时的古老故乡，蕴含了一百二十亿年前，拿着简陋的望远镜凝望星空的他自己……

张深深地吸了一口气，闭上了眼睛。他似乎看到了在那个早已毁灭的星球上，在那个连历史都已湮灭的古老国家，在那个似乎从未存在过的城市中，在那条仍然清晰记得却又无比遥远的街道上，一百二十亿年前的他自己，一个小小的少年，和同学们一起，欢笑着走向红旗招展的学校；一个茁壮的青年，在另一座城市的大学中贪婪地攫取着知识；一个腼腆的男生，在月光下吻着一个更腼腆的白衣女孩；一个刚强坚毅的男人，在登上飞船前的最后一刻，向着泣不成声的家人挥手，忽然泪水冲出了眼眶……他本该和同时代人一起过完渺小而温馨的一生，然后在儿孙的簇拥中平静地死去，而不是一百多亿年后在宇宙尽头的另一个星系，用漫长的进化过程让早已灭绝的人类再度诞生在这个世界上。让他们重新经历那些奴役与革命、战争与和平、光荣与屈辱、爱情与死亡……然而纵然这个种族与天地同寿，最终仍然要在这个宇宙的大结局中灭亡。

宇宙在不停地膨胀中，而且日益加速，最终空间本身的增生将撕裂一切物质、一切存在。这是这个宇宙中的一切生灵，从蓝星上卑下的蚂蚁，到统治亿万星系的长老会都无法逃脱的宿命。超空间跃迁、超波屏障、时间停滞……这些无与伦比的神性，仍然建立在简单朴素的物质基础上，并永远逃不开其根本原理的制约：有生就有死。

整个宇宙都沉默不语。张摊开身子，躺在沙滩上，感受着大地那似乎能承载万物的力量，不知不觉中泪流满面。听着似曾相识的海涛声，张喃喃自语着，用一种已经消亡了一百二十亿年的古老语言："那是地球，我的——地球。"